琼 瑶
作品大合集

水云间

琼瑶 著

琼瑶,本名陈喆,作家、编剧、作词人、影视制作人。原籍湖南衡阳,1938年生于四川成都,1949年随父母由大陆赴台生活。16岁时以笔名心如发表小说《云影》,25岁时出版首部长篇小说《窗外》。多年来笔耕不辍,代表作包括《烟雨蒙蒙》《几度夕阳红》《彩云飞》《海鸥飞处》《心有千千结》《一帘幽梦》《在水一方》《我是一片云》《庭院深深》等。

多部作品先后改编成为电影及电视剧,琼瑶也因此步入影视产业。《六个梦》系列、《梅花三弄》系列、《还珠格格》系列等,影响至深,成为几代读者与观众共同的记忆。

琼瑶以流畅优美的文笔,编织了众多曲折动人的故事。其作品以对于梦的憧憬和爱的执着,与大众流行文化紧密结合,风靡半个多世纪,成为华文世界中极重要的文学经典。

我為愛而生，我為愛而寫
文字裡度过多少春夏秋冬
文字裡留下多少青春浪漫
人世間雖然沒有天長地久
故事裡火花燃燒愛也依舊

瓊瑤

第一章

民国十八年,杭州西湖。

梅若鸿和杜芊芊的第一次相遇,是在苏堤上面,那座名叫"望山桥"的桥上。事后,梅若鸿常想,就像《白蛇传》里许仙初见白素贞,相逢于"断桥"一样。这西湖的望山桥和断桥,都注定要改写一些人的命运。所不同的,《白蛇传》只是传说,女主角毕竟是条蛇而不是人。这望山桥引出的故事,却是一群活生生的,"人"的故事。

那天,是"醉马画会"在"烟雨楼"定期聚会的日子。

一早,梅若鸿就兴冲冲地把自己的画具、画板、颜料、画纸……全挂在那辆破旧的脚踏车上。他这天心情良好,因为,天才破晓时,他就从自己那小木屋窗口,看到了西湖的日出。小木屋坐落在西湖西岸的湖边,面对着苏堤,每次,西湖的日出都会带给他全新的震撼。湖水,有时是云烟苍茫的,有时是波光潋滟的,有时是朦朦胧胧的,有时是清清澈澈的。一年三百六十五天,湖水都有不同的风貌,日出都是不同的日出。这天一早,梅若鸿就"捕捉"到了一个"崭新"的日出。他画了一张好画!把这张刚出炉的《日出》卷成一卷,他迫不及待地要把它拿给醉马画会诸好友看,尤其,要拿给汪子默和子璇看!

于是,骑着那挂了一车琳琳琅琅画具的车子,胳臂下还夹着那张"杰作",他嘴里吹着口哨,单手扶着车把,往烟雨楼的方向快速地骑去。

那正是三月初,西湖边所有的桃花都盛开了。苏堤上,一棵桃花一棵柳,桃花的红红白白,柳树的青青翠翠,加上拱桥,加上烟波渺渺的西湖,真是美景如画!梅若鸿真恨不得自己有一千只手,像千手观音一样。那么,他每只手里不会握不同的法器,他全握画笔,把这湖光山色,春夏秋冬,一一挥洒。他曾写过两句话,贴在自己墙上:

"彩笔由我舞,挥洒一片天。"

可惜,他就是没有一千只手,怎么挥洒,也挥不出一片天空!

这墙上的两句话,后来被子默在前面加了两句:

"把酒黄昏后,醉卧水云间!"

子默加得好,他太了解他了。所以梅若鸿常说:

"生我者父母,知我者子默也!"

但是,子璇看了,却不以为然,又把子默这两句改成:

"踏遍红尘路,结伴水云间!"

多么灵慧的子璇！她已经把梅若鸿这十年来的流浪生涯，做了一番最美丽的诠释。从此，梅若鸿就给自己那小木屋，取了一个名字"水云间"！叶鸣和钟舒奇等好友为它加盖了篱笆。篱笆院有个门，门上，子默亲自为它题了三个大字"水云间"。子璇又找来一个风铃，挂在屋檐下，铃的下端，吊了个木牌，上面也写着"水云间"。

于是，对醉马画会来说，这木板搭成的、简陋的水云间，就和子默那幢有楼台亭阁、曲院回廊的烟雨楼有同等地位，也是大家聚集聊天的所在。但是，论"画室"的条件，那当然是烟雨楼好，何况烟雨楼每次聚会，大家都可以画子璇。可爱的子璇，从来不吝啬她的胴体，她的容貌，她的姿态，她的青春……好像这些都是画会所共有的！子璇真是个"奇女子"！就是可惜跟了那个全然不了解艺术的谷玉农！

梅若鸿就这样，想着他的《日出》，想着子默的友谊，想着烟雨楼的聚会，想着子璇的潇洒……骑着车，上了苏堤。经过了第一座桥，又经过了第二座桥，这苏堤上有六座桥，梅若鸿从来记不住每座桥的名字。经过第三座桥的时候，他不知所以地感到眼前一亮，像是有什么闪闪发光的东西在桥上闪耀。他本能地放慢车速，定睛看去。只见一个穿着橘红色碎花上衣、橘色长裙的少女，正凭栏远眺。少女似乎听到什么，蓦然一回头，和梅若鸿打了一个照面。天哪！梅若鸿立刻被"震"到了，世间怎有这样绝色的女子！他脑中第一个闪过的念头就是：真该把她带到烟雨楼去，给众人开开眼界！

3

他的车子已经经过了拱桥，往桥下快速地滑冲下去，他不住回头看美女，根本没注意到有个小男孩正扬着一个风筝，奔上桥来。那"美女"眼看若鸿的车子，对小男孩直撞过去，就失声尖叫了起来：

"小葳！小心自行车！小心呀！"

若鸿一惊，回过头来，这才看到已逼在眼前的小男孩，他吓了好大一跳，慌忙别转车头去闪避。这一闪，整个车子就撞上了桥柱。砰的一声，车子翻了，画笔画具撒了一地，他摔下车来，摔得七荤八素。从地上爬起来，才看到那小男孩拿着风筝，对他咧着大嘴笑。他正想发作，却一眼看到自己那张杰作《日出》，已随风飞去。他慌忙伸长了手，要去抓那张画，偏偏风大，那《日出》竟飘飘扬扬，如同断线风筝般飞上了天，他仰着头，盯着画，追到了桥上，差点又撞在"美女"身上。然后，他眼睁睁看着自己那张杰作，竟飘落湖心去了。他急急地扑在桥栏杆上，对桥下一条游船大吼大叫：

"喂！船上的人！你们帮忙接住那张画！看到没有？就是飘下去的那张画……"

船上的游人，莫名其妙地往上看。摇船的船夫，依然从容不迫地摇着他的橹。而那张画，竟翩然地飞过游人的肩头，落进水里去了。

"啊……啊……你们怎么不接住？"梅若鸿跺脚大叫，痛惜不已，"那是我的画，我最好的一张画呀！"

"就算是抛绣球，也不一定要接啊！"船上的游人居然回了句话。

画已随波流去,船儿也摇开了。

梅若鸿又跺脚,又叹气,懊恼得不得了。一回身,却看到害他撞车丢画的美少女,正牵着那个"共同肇祸"的小男孩,都睁着大大的眼睛,稀奇地看着他。

"哎哎哎!"他对小男孩嚷开了,"那是我这一生中最满意的一张画,你知道吗?你怎么可以突然间冲过来?害得我的画飞掉了!哪里不飞,居然飞进西湖里,连救都救不了!"

小男孩被他的"凶恶"状吓得退了退,抬头喊:

"姊姊!"

美少女的眼睛睁得更大了,一脸的啼笑皆非。

"喂!你这个人怎么回事?明明是你自己顾前不顾后,骑着车子东张西望……你凶什么?一张画飞了就飞了,有什么了不起呢?"她说话了,一说就是一大串。

"你不懂!你完全不懂!"梅若鸿扬着眉毛,心疼得什么似的,"我好不容易等到这么美的日出,又好不容易有了那么好的灵感,'日出'和'灵感'都是稍纵即逝,可遇不可求的……这样的一张画,我即使再画几千几万次,也不可能画出来了!"

那少女听着,脸上的"稀奇"之色更重了,低头看了看她的弟弟,她微笑着说:

"小葳呀,你知道我们杭州什么最多吗?"

"不知道呀!"小葳眨着天真的眸子。

"我们杭州啊,水多!桥多!树多!花多!还有呢?就是

5

画家多！你随便一撞，就撞到一个画家！"

有趣！梅若鸿惊奇地想着，没料到这样纤纤柔柔的女子，竟也有一张伶牙俐齿的嘴。而且，她反应敏捷，毫不娇羞作态。这样的女子，他喜欢！

"好吧好吧！你尽管嘲笑我好了！"他接口说，"你知道吗？就因为看到了你，我才顾前不顾后的……你有事没事，站在桥上干什么？"

"咦，我站在桥上，也碍了你什么事吗？"

"那当然。你没听说过'美人莫凭栏，凭栏山水寒'的句子吗？那就是说：美人不可以站在桥上，免得让湖光山色，一起失色的意思！"

"真的吗？"她惊奇地，"谁的诗？没听说过！"

"当然你没听说过，这是我梅若鸿的即景诗，等我把它画出来，题上这两句，等这张画出名了，你就知道这两句诗了！"他笑着，觉得该介绍自己了，"我的名字叫梅若鸿，你呢？"

"我姊姊名字叫杜芊芊，我是杜小葳！"

那少女——杜芊芊，急忙拉了拉小葳：

"我们走！别理这个人！说话挺不正经的！"

梅若鸿慌忙拦上前去，着急了：

"不要误会！你千万不要误会！我从来不会随便和女孩子说话，就怕自己说出来不得体，今天不知怎么话特别多，想也没想就从嘴里冒出来了。你不要生气……如果你把我看成轻薄之徒，咱们这朋友就交不成了！"

"朋友？"杜芊芊更惊奇了，"谁和你是朋友？"

"是，是，是！"他热切地点着头，"不止我们是朋友，我还要把你介绍给我所有的朋友！你知道吗？我们醉马画会每星期一、三、五都在烟雨楼画画，你肯不肯跟我去一趟烟雨楼，肯不肯让大家画你？"

"醉马画会？"芊芊的兴趣被勾了起来，"原来你是醉马画会的人？是不是汪子默的醉马画会？"

"你认得子默？"

"不，不认得，不过，他好有名！"芊芊一脸的崇拜，"我爹常买他的画，说他是杭州新生代画家里最有才气的！连外国人都收集他的画呢！"

"是啊！他得天独厚，十几岁就成名了！"梅若鸿想着子默，语气就更热烈了，"既然你知道汪子默，当然就明白我不是什么坏人，走走走！跟我去烟雨楼，马上去！"

"这不好！"芊芊身子退了退，脸色一正，眉尖眼底，有种不可侵犯的端庄，"不能这样随便跟着不认识的人，去不认识的地方！"

"唉唉，"梅若鸿又叹气了，"你刚刚跟我有问有答的时候，可没这么拘谨！人，都是从不认识变成认识的，现在是什么时代了！我们又都在这风气开放的艺术之都！别犹豫了！快跟我去烟雨楼！你去了，大家会高兴得发疯……不过，你一定要答应我一个要求：让大家画你！"

芊芊有点儿愕然，瞪视着那一厢情愿的梅若鸿。

"画我？"她睁大了眼说，"我还没答应你去呢！"

"你要去要去，非去不可！"梅若鸿更热情了，"那是个好可爱的地方，聚集了一些最可爱的人，在那儿，随便你爱做什么就做什么，琴、棋、书、画、喝酒、唱歌、聊天、吹牛……哇，你不能错过，绝对不能！"

这样热情的邀约，使芊芊那颗年轻的心，有些儿动摇起来。还来不及说什么，小葳已忍不住，又推又拉地扯着芊芊：

"去嘛！去嘛！姐！回家也没有事情做！见到卿姨娘，你又会生气，还不是吵来吵去的……"

"说得也是！"梅若鸿飞快地接了一句。

什么"说得也是"？芊芊的眼睛，睁得更大了，看着梅若鸿那张年轻的、神采飞扬的、充满自信的又满是阳光的脸，忽然就感染到了他那种豪放不羁的热情。心中的防备和少女的矜持，一起悄然隐退。父亲的教训，母亲的叮咛……也都飘得老远老远了。

"烟雨楼……"她小声说，"就是西湖边上，那座好大的、古典的园林吗？"

"对！那是汪子默的家，也是我们画会所在地！让我告诉你……"他一边说，一边收拾着地上的画笔画具，推起那辆破车，"子默的父母都迁居到北京去了，把这好大的庭院完全交给了子默和子璇兄妹，所以，我们就是吵翻了天，也没有长辈来管我们，你说妙不妙？"

听起来确实很"妙"，芊芊笑了。

她这样一笑，若鸿也笑了。

"走吧！"若鸿牵住车，"我们慢慢走过去，半小时就走到了！"

第二章

就这样，杜芊芊跟着梅若鸿，来到了烟雨楼。那一天在烟雨楼发生的事，真让芊芊终生难忘。

走进那小小的门厅，就是一条长长的、曲折的回廊，庭院里，有水有桥有亭子有楼台。整个烟雨楼分为好几进。梅若鸿边走边介绍：第一进是客厅餐厅；第二进是两层楼的建筑，楼上是子璇子默的卧室，楼下最大的一间是画室，其他是子默子璇的书房；第三进面对西湖，可览湖光山色，有个名字叫"水心阁"。水心阁外有大大的平台，紧临湖边，有小码头，系着小船，可直接上船游湖。

芊芊惊愕地看着这些楼台亭阁、曲院回廊，真是叹为观止。心想自己家那栋花园洋房，在杭州已是少有的豪华，但和烟雨楼比起来，就显得俗气了。哪有这纯中国式的、仿宋的建筑来得典雅！人走进去，好像是走进一幅《清明上河图》里，美得有点儿不太真实！

跨进那间大大的画室，梅若鸿就高声嚷着：

"各位各位！我给你们找来了一个很棒的模特儿！大家停一下停一下……我给你们介绍，杜芊芊！"

芊芊定睛看去，只见室内有五六位男士都竖着画架，正从各个角度，在画窗前的一位年轻女子。芊芊对那女子仔细一瞧，就吓了好大的一跳。原来，那女子长发披肩，胸前裹着一条白色的轻纱，整个人居然是赤裸的！她斜躺在一张卧榻上，那轻纱只能遮掩一小部分，她那两条修长的腿，就完完全全裸露于外。

"天哪！"芊芊低喊，"原来'模特儿'要这样子，我肯定是不行的！"她回头就想"逃"，"小葳，我们赶快回去吧！"

小葳早看得目瞪口呆，张大了嘴，他惊喊着：

"姐，她在洗澡吧，在这么大的房间里洗澡，又开着窗子，不怕着凉吗？"

此话一出，满屋子的人哄堂大笑。连窗边的裸身女子，也跟着大伙儿笑，笑得又潇洒又自然，没有丝毫的羞涩。

梅若鸿已拦住芊芊的出路：

"并不是每个模特儿，都要供大家做人体画！你就是现在这种打扮，很中国，很东方。和子璇那种妩媚的、健康的美不同，各有千秋！"他说着，就去拉了子默过来，急急地问子默，"子默，你说是不是？"

子默笑吟吟地，上上下下地打量了一下芊芊，眼中满是赞美，唇边满带笑意。芊芊也不由自主地看着子默，没想到这已享盛名的画家，居然还这么年轻。他是满屋子男士里，唯一一个穿西装的。戴着一副金丝边的眼镜,他看起来恂恂儒雅,倜傥风流。

"杜芊芊?"子默问,"难道你是杜世全的女儿?"

"是啊!"芊芊惊喜地,"你认得我爹?"

"不认识。但是,你爹在杭州太有名了!航业界巨子嘛!"

"不是巨子,只是有几条船!"芊芊慌忙说。

"哇!"一个瘦高个子惊呼出来,"原来是杜芊芊,杭州最有名的名门闺秀啊!若鸿,你怎么有本领把杜芊芊找来,实在有点天才啊!"说着,他就走上前来,仔细看芊芊。

"岂止是天才?简直是优秀!"另一个穿红衬衫的人接口。

"岂止是优秀?简直可以不朽啰!"另一个穿灰布长衫的说。

一时间,满屋子男士,都围了过来。对芊芊评头论足,赞美的赞美,问话的问话,自我介绍的自我介绍。

"我是叶鸣!"高个子说。

"我是沈致文!"红衬衫说。

"我是陆秀山!"灰长衫说。

"不忙不忙,你们让她这样子怎么弄得清楚?"子默插了进来,对芊芊说,"让我好好跟你介绍一下!"他一个个指着说:"我是汪子默,那窗前坐着的是我妹妹汪子璇,我们这画会有六男一女,六男中,除了我和若鸿,剩下的四个人,我们称他们'一奇三怪'。'一奇'是指钟舒奇,因为他的名字里有个'奇'字。'三怪'就是叶鸣、沈致文和陆秀山了。其实他们并不怪,只因为要和那'一奇'相呼应,就称他们为

'三怪'。这'一奇三怪'中，钟舒奇最有原则，最有个性，你看他根本不为你美色所动，还在那儿埋头苦画呢！至于梅若鸿，他是我们画会中最有天分的一个，你已经认识了，就不用再介绍了。我们这个画会阳盛阴衰，大家画子璇，早就画腻了！欢迎你加入我们，成为画会里的第二个女性！"

子璇坐在那儿，怕轻纱落地，不敢移动。见大家都对芊芊围了过去，她就微微一笑，拾起手边的一支炭笔，对着子默弹了过去，炭笔不偏不倚，正中子默鼻尖。

"这算什么哥哥，见了美女当前，就忘了手足之情！"

大家都笑了起来。

梅若鸿又兴冲冲插进嘴来：

"你们看杜芊芊是不是很东方？很中国？又古典又雅致，配上咱们烟雨楼的楼台亭阁，就是幅最有诗意的仕女图，爱画人物的各位有福了！"

子璇又一笑，高声地抗议了：

"好了好了，杜芊芊登场，汪子璇退位！现在，既有东方的、中国的'美'来了，我这不中不西的'丑'也可以功成身退了！"

"子璇吃醋了！"那个被称为"一奇"的钟舒奇开了口，眼光始终停在子璇身上。

"就是要让她吃醋！"梅若鸿嚷得好大声，"平常就是她一个女孩子，成了画会里的压寨夫人，简直给咱们惯得无法无天！"

"梅若鸿，"子璇一个字一个字地说，"你可有良心？"

"我什么心都有！黑心、苦心、痛心、爱心……就缺一个良心！"梅若鸿答得迅速。

满屋子里的人全笑了，子璇也笑了。弯着腰，她笑得好开心，手捧在胸前，生怕那轻纱会落下来。芊芊看看这个，看看那个，她从没有接触过这样的一群人，这么放浪形骸、无拘无束。她感染了这一片欢愉的气氛，对那个"压寨夫人"汪子璇，不禁油然地生出一种羡慕的情绪。她生活在这样一堆男士之间，是万绿丛中一点红，能得到这么多"画家"的"欣赏"，真是太幸福了。

芊芊的"羡慕"似乎来得太早。大家的笑声尚未停止，忽然间，院子里就传来一阵大呼小叫。汪家的管家老陆扬着声音在喊：

"姑爷！不可以这样啊！你不能带着这么多人来闹呀……姑爷！你干什么？干什么呀……"

屋子里的笑声一下子全没有了。子默脸色僵了僵，对子璇迅速地看了一眼：

"那个阴魂不散的谷玉农，就不让我们过好日子！"

话未说完，一个浓眉大眼的年轻人，带着四个警察，竟一哄而入。那年轻人直冲到子璇面前，眼中似乎要喷出火来。他指着满屋的男士，咬牙切齿地吼着：

"就是他们！诱拐了我的太太，在这里从事这种有违善良风俗、寡廉鲜耻的勾当！"

芊芊愕然后退，忙把小葳拥在身前。她惊奇极了，原来，子璇是有丈夫的！

"谷玉农！你这是干什么？"子璇跳下椅子来了，用白纱紧紧裹着自己，生气地大叫。

"我才要问你干什么呢？"那谷玉农吼了回去，"光天化日之下，你在这么多男人面前这个模样，你还记得你是有丈夫的人吗？"

子璇涨红了脸，又气又急又伤心地接口：

"我早就要跟你离婚了！我们个性不合，观念不同，根本无法共同生活，我已经搬回烟雨楼，跟你分居了，你为什么还不放过我？"

"什么叫离婚？什么叫分居？我听都听不懂！"谷玉农喊着，伸手就去拉子璇，"你最好赶紧把衣服穿穿，跟我回家，免得大家难看！"

"你这样大张旗鼓，杀进烟雨楼，你还有脸说什么难看不难看！"子璇气得发抖，一边说着，一边冲到屏风后面，去换衣服了。

子默急忙往前冲了一步，拉住谷玉农，把他往外推：

"玉农，这是我的地方，没有经过我的允许，你最好不要惹是生非，赶快把你这些警察朋友带走！"

谷玉农一把就推开了子默。

"就是你这个哥哥在这边起带头作用，子璇才敢这么放肆！弄到离家出走，跑到这里来跟这些乱七八糟的男人鬼混！"

"闭上你的脏嘴！"一个声音大吼着，芊芊过去，是那个"一奇"，他冲上去，就扯住谷玉农的衣领，"你看清楚，我们如果算是乱七八糟的男人，那么你算什么？你不懂艺术也就算了，对子璇你总该有起码的尊重，这样带了警察来，实在是太没风度了！"

"我没风度就没风度，因为她是我老婆，等你娶了老婆，再来供大家观赏吧！"

"如果子璇是我老婆，我巴不得大家画她！"

"可惜她不是你老婆！"

两个男人，鼻子对着鼻子，眼睛瞪着眼睛，彼此吼叫。子默又伸手去推谷玉农，若鸿也加入了：

"走走走！"若鸿嚷着，"子璇是我们画会的成员，她参加画会活动，与你的家庭生活无关，你不能到我们画会里来，欺侮我们的成员！"

"对！"沈致文叫着。

"对！"叶鸣也叫着。

一时间，群情激愤。所有的人都冲上去，要推走谷玉农。谷玉农放声大叫：

"快呀！把他们统统抓起来！把我老婆带走呀……"

谷玉农一面喊着，一面就迅雷不及掩耳地挥出拳头，砰的一声，打中了梅若鸿的下巴。梅若鸿毫无防备，整个人摔了出去，带翻了一个画架，颜料炭笔撒了一地。这一下子，"一奇三怪"全激动了，个个摩拳擦掌，又吼又叫，要追打谷玉农，房间里乱成一团。子璇穿好衣服，从屏风后走出来，看到这种情形，气得直跳脚：

"玉农！你疯了吗？你这种样子，我一辈子都不要理你……"

子璿话没喊完，两个警察奔上前来，一左一右，就抓住了子璿的胳臂，把她拖往门外去。

"救命呀！"子璿尖叫起来，"哥！救我呀！舒奇，救我！若鸿，救命呀……大家救我呀……"

顿时间，画室乱得不可收拾。钟舒奇和梅若鸿，都拔脚追出门外，去追两个警察。子默忍无可忍，竟和谷玉农大打出手，两个人从室内也打到室外。叶鸣、沈致文、陆秀山这"三怪"，怎会让子默吃亏，全都追着谷玉农，挥拳的挥拳，踢脚的踢脚，乱打一番。另两个警察看到这等景象，就去捉拿"三怪"。谁知，那陆秀山颇有拳脚功夫，居然大吼一声，跳起身子，拳打脚踢地和警察干起架来。

小葳何时看过这样精彩的好戏？追到院子里，他兴奋地跳着脚大叫：

"打得好！左勾拳！右勾拳！打他一个落花流水！好玩！真太好玩了！"

芊芊拼命去拉住小葳，简直不知道该如何是好，怎么也没料到自己初到烟雨楼，就目睹了这样精彩的一幕。

院子里，四个警察加上谷玉农，和子默、梅若鸿等人分成了两组，打得天翻地覆。正在不可开交的时候，忽然有个警察拔出枪来，对天空鸣了一枪。

这一声巨大的枪响，把所有的人都吓住了，大家不约而同地停了手，彼此面面相觑。

"混账！"那放枪的警察破口大骂，"你们这些文化流氓！打着艺术的旗子，做色情的勾当！分明是挂羊头卖狗肉的行为！现在还对警察动武，我把你们统统抓进警察厅去！"他握着枪，气势汹汹地指着众人："一个个都给我住手！否则，我就对着人开枪，不怕死的就试试看！"

梅若鸿就是不信邪，他往前冲去，喊着：

"你们警察，是要保卫人民，不是欺压人民……"

那警察立刻扣动扳机，枪声骤响，枪弹呼的一声打梅若鸿头顶掠过。子璇心胆俱碎，惊叫出声：

"若鸿！"

梅若鸿被枪声震得呆住了。一时间，大家都安静下来，在枪口的威胁下谁也不敢再动。

然后，警察拿出了手铐，把子默、若鸿和那"一奇三怪"全给铐了起来。谷玉农抓住了子璇，对警察们叫着说：

"这些流氓你们带走，老婆我带回家了！"

子璇奋力挣扎，又踢又叫，状如拼命：

"我宁愿去坐牢，我宁愿去上断头台，我也不跟你回家！你放开我！放开我！"

谷玉农脸色铁青，死死地瞪着子璇，被子璇那样冷冽的眼神，那样悲壮的神色给打败了。他把子璇重重地一摔，摔到了警察身边，气冲冲地说：

"你那么想坐牢，我就成全了你！"他看看警察说，"把她也带走吧！"

芊芊见情势不妙，生怕遭到波及，已拉着小葳，悄悄地退到了假山后面。躲在那儿，她眼睁睁地看着四个警察，像押解强盗般，把整个醉马画会都押上了三辆吉普车，然后就

17

呼啸着，风驰电掣般开着车走了。

　　对于杜芊芊来说，这烟雨楼之行，真是平静生活中，一个惊心动魄的遭遇。第一次认识一大群艺术家，第一次看到"人体画"，第一次遇见敢于挣脱婚姻枷锁的女子，第一次目睹打群架，更是第一次看到警察鸣枪抓人……在这么多的"第一次"中，她也是"第一次"体会到，自己平日那种养尊处优的大小姐生活，实在是太贫乏、太单调、太不"多彩多姿"了。

第三章

　　醉马画会的会员们，只坐了一天牢，第二天下午，就全体被释放了。当这群"共患难"的兄弟们，带着子璇，走出那警察厅，一眼见到的，竟是芊芊。

　　"芊芊！"梅若鸿惊喜地说，"你在等我们吗？"

　　"是呀！"芊芊的笑，灿烂如阳光，她开始去数人头，"一二三四五六七，一个都不少，对不对？"

　　"嘿！"子默注视着芊芊，"原来是你！我说呢，怎么这么容易就把咱们放出来了？你用什么方法说服了那个冥顽不灵的警察厅厅长？"

　　"真的是你吗？"梅若鸿不相信地，"我还以为是我对那厅长的一篇演讲，把他给感化了！"

　　"我还以为是我陆大侠的'英气'，把他给'震'倒了！"陆秀山接口。

　　顿时间，你一言，我一语，热烈地讨论起在警察厅的种

种。芊芊只是微笑着望着大家。子璇走了过去,热情地握住芊芊的手,感激地说:

"若鸿真没有白白把你带到烟雨楼,第一次见面,你就肯拔刀相助,真是够朋友!"

"你到底怎么做到的呢?"大伙儿问。

"其实,你们应该去谢谢小葳!"芊芊笑着说,"他一回家呀,那份兴奋劲儿就别提了,绘声绘色,添油加醋地把你们这些英雄,怎样力战恶霸的情形,都告诉我爹了。我就顺势求我爹打个电话给警察厅厅长,因为他们是老朋友。我爹本来不肯,还训了我一顿。但是拗不过小葳,最后,还是打了。警察厅厅长接到我爹电话,松了好大一口气,说:嗬!这些艺术家够麻烦的,又会说,又会闹,歪理一大堆,已经弄得他头昏脑涨了,而且,他这清官难断家务事,还是放掉算了。所以,你们就统统出来了!"

芊芊一口气说完,大家这才明白过来。笑的笑,谢的谢,问的问,围着芊芊,好不热闹。

钟舒奇的眼光,一直注视着子璇,这时,走到子璇身边,悄悄地问了一句:

"他们把你关在另外一间,有没有对你怎样?"

子璇愣了愣,就仰头哈哈大笑起来:

"有哦!"她夸张地说,"先是给我灌水!后来又夹我的手指甲,还用烧红的铁钳子烫我呢!"

钟舒奇的脸色沉了沉,眼光阴暗下去:

"我是真关心你!你不要嘻嘻哈哈地尽开玩笑,如果那些警察让你吃了亏，我就是拼了这条命，也要为你讨回公道！"

子璇看到钟舒奇那么认真的样子，感动了。

"舒奇，你放心！"她说，"他们看到我有这么多'男朋友'，吓都吓坏了，谁也不敢招惹我！"

"我料想他们也不敢！"叶鸣走过来，毫不客气地挤掉了钟舒奇，"谁要伤害了子璇一根汗毛，我就和他没完没了！"

芊芊惊奇地看着这两位男士，公然对子璇献殷勤，真是见所未见。想想看，子璇还有丈夫呢！那丈夫虽然有些蛮横，看样子，对子璇依然在乎，不能忘情吧！怎么会有这样的女人呢？她看着子璇：弯弯的眉毛，明亮的眼睛，挺秀的鼻梁，小小的嘴，匀称的身材，修长的腿……天哪！她真美！

"好了！芊芊！"子璇推了推她，嫣然一笑，"为什么盯着我看，你在我脸上找什么？"

"我……"芊芊一愣，脸就红了，"我在想，你……你……你实在是'与众不同'啊！"

"岂止子璇是'与众不同'的！"沈致文喊了起来，"我们每一个人都是'与众不同'啊！"

"真不谦虚呀！"陆秀山笑着说。

"谁要谦虚？"梅若鸿豪气地问，"谦虚是什么东西？谦者，谦让也，虚者，虚伪也。这两样东西加起来，已经害了中国读书人几千年了……"

"对！对！对！"众人大叫，吼声震天。

"别喊了！别喊了！"子默伸手，做了个压制的手势，"你们再这么狂吼乱叫的，那位警察厅厅长又要给我们一顶

'扰乱治安'的帽子戴了！我看，大家兴致这么高，就去烟雨楼吧！为了庆祝大伙无罪释放，也为了欢迎杜芊芊加入本会，我们今晚吃它一顿，不醉无归，怎样？"

"好啊！"众人欢呼起来，叫得好大声，"好啊！好啊！庆祝重生，不醉无归！"

于是，芊芊跟着大伙，又到了烟雨楼。

那天，大家真是快乐极了。他们在烟雨楼那临湖的平台上，生起了火，大家围着火坐着，吃烤肉、喝酒、聊天。人人兴致高昂，个个欢天喜地。谷玉农的阴影，已被抛诸脑后。夜色降临了，火光映红了每个人的脸，月光照亮了每个人的笑。芊芊从没有参与过这样的"盛会"，喝了一点酒，就醺然欲醉了。不知道为什么，她就总是笑，不停地笑。子璇是海量，酒到杯干，和男孩子一样拼着酒，豪气干云。连喝了好多杯之后，她叫着说：

"拿竹竿来！我要跳竹竿舞！"

沈致文和陆秀山拿了四根长竹竿来，"一奇三怪"就在平台上拍打着竹竿，子璇脱掉了鞋子，赤脚跳了进去，一双白皙的脚，出神入化地在竹竿中穿梭，跳进跳出，煞是好看。芊芊简直看呆了。众人围在旁边，高声念着苏东坡的词：

"明月几时有？把酒问青天，不知天上宫阙，今夕是何年？我欲乘风归去，又恐琼楼玉宇，高处不胜寒……"

大家用慢拍子念了一遍，再用快拍子念了一遍，竹竿配合着念的速度，由慢而快。众人越念越大声，越念越快，子

璇也越跳越快……芊芊看得怦然心动,跳起身子说:

"我也来跳!"

"来来来!"子璇欢声说,"只要抓住节奏,不难不难!"

芊芊也开始跳了,大家放慢了拍子,芊芊学习得很快,马上就熟了。两个女孩跳得裙摆飞扬,好看极了。芊芊有韵律地跳着,大家疯狂地念着:

"转朱阁,低绮户,照无眠。不应有恨,何事长向别时圆……"

念声越来越快,响彻云霄,两个女孩像花蝴蝶般飞舞着,已舞得上气不接下气,娇喘连连,惊喊阵阵,弄得男士们更加兴奋,最后,速度已快到没有断句了:

"人有悲欢离合月有阴晴圆缺此事古难全但愿人长久啊……"

大家惊叫了起来,原来芊芊的脚终于绊到了竹竿,整个人就站立不住,倒了下去。梅若鸿和子默同时抢上前去要接,芊芊倒进了梅若鸿怀里。子默接了个空。

芊芊抬眼一看,和若鸿的眼光接个正着。两人都蓦然震动,在这电光石火的刹那,已在彼此眼中,读出某种令人悸动的情愫。这一下,两人都有片刻的惊怔与忘我,只是震动地看着对方。众人开始哄然叫好,故意把声音拖得长长的,齐声吼叫着:

"千——里——共——婵——娟!"

芊芊羞红了脸,慌忙从若鸿怀里站起来。众人又叫又闹又鼓掌,简直快疯狂了。子璇笑着看她,又笑着去看若鸿,笑个没停。大家都醉了。

然后,他们围着火,玩"飞花令",玩"接成语",玩"接故事",一直玩到夜静更深。芊芊真是太快乐了,她把时间都忘了,家教也忘了,爹娘也忘了,整个人都融进这从未经历过的狂欢里。

那夜,大家玩了很多的游戏,芊芊都记不得了。只记得,最后,若鸿不知道怎么跟子默飙上了。他们比赛说出四个字的成语,一定要第一个字是"东",第三个字是"西"。说不出来的要罚酒。于是"东拉西扯""东倒西歪""东藏西躲""东奔西走""东飘西荡""东张西望""东翻西找""东来西往""东哄西骗""东推西让"……全体出炉。芊芊听得简直入迷了,从来不知道有这么多的东啊西啊。脑袋就跟着若鸿和子默转,一会儿看若鸿,一会儿看子默。接到最后,两人都有点词穷了,众人起哄,不住罚两人喝酒。两人一边喝酒,一边还在"战":

"东逃西躲!"子默说。

"东听西采!"若鸿说。

"东闻西嗅!"子默说。

"东风西渐!"若鸿说。

"东扭西捏!"子默说。

"东看西看!"若鸿说。

"不算不算!"子默大叫,"这不是成语,罚酒!"

"算!算!算!"子璇叫。

"算!算!算!"芊芊也跟着叫。

"好吧!"子默说,"你能东看西看,我就能东走西走!"

"你能东走西走,"若鸿大笑,"我就能东跑西跑!"

"那我就能东打西打!"子默说。

"那我只好东拼西拼!"

"那我就东捶西踢!"子默说。

"好厉害!"若鸿笑得喘不过气来了,"我只好东逃西逃!"

"你东逃西逃,我就东追西追!"子默说。

大家已笑得七歪八倒,现场杯盘狼藉,一团混乱。芊芊笑得眼泪都出来了,子璇笑得拼命揉肚子。

"你这么追法,我只好东爬西爬了!"若鸿边笑边说。

"你怎么就爬下了呢?"子默笑着问。

"已经被你追杀得东伤西伤了!"

"我还没施出我的东拳西掌呢?"

若鸿大笑,举双手投降:

"我给你东拜西拜,别再东杀西砍了!"

大家哄笑不断,搞不清楚他们到底谁赢了。他们也不需要大家搞清楚,自顾自地就灌起酒来。

然后,当月已西沉,火也渐灭的时候,大家就决定,一起送芊芊回家。

原来,汪家养了两匹马,还有一部西式的敞篷马车,平时,常常驾着马车,一伙人出游。现在,就全体挤进了马车里。子默驾着马车,踢踢踏踏,辚辚辘辘地驰向杜家去。众人在马车里也不肯安静,大家唱着一首节奏轻快的歌,那歌词是这样的:

山呀山呀山重重！
云呀云呀云翩翩！
水呀水呀水盈盈，
柳呀柳呀柳如烟！
结呀结呀结伴游，
笑呀笑呀笑翻天！
人呀人呀人儿醉，
月呀月呀月儿圆！

大家就这样，带着意气，带着欢喜，一路高歌着，把芊芊送到家门口。当福嫂踏着夜色，奔来开门，看到这样一辆马车及一车子疯疯癫癫的男士时，简直吓得魂都没有了。芊芊下了车，还拖着福嫂对众人介绍：

"这是我奶妈福嫂！"

众人齐声大叫：

"福嫂好！"

福嫂忙不迭地把门关上，把那一车子人都关在门外。抓着醉醺醺的芊芊，她紧张地、轻声地说：

"快给我悄悄溜上楼去，千万别吵醒了老爷太太！我的天哪！喝得这样醉醺醺，还像个'小姐'吗？"

第四章

芊芊就这样和醉马画会打成了一片,俨然成为画会里的一分子了。

杜家是杭州的名门世家,杜世全虽不算杭州的首富,也是数一数二的人物。他拥有一家"四海航运公司",说是"航运",主要走的是长江和运河线。只有内陆船,并没有海船,做的是运输和转口贸易。在那个年代,从事这个行业的人真是凤毛麟角,能做得有声有色的更是少之又少。杜世全的名字,也就在杭州响当当。其实,这"四海航运"的总公司在上海,因为杜世全的老家在杭州,所以在杭州也有分公司。

杜世全是个很奇怪的人,他虽然从商,自己却颇有书卷味,热爱中国的传统。他公司里的职员,大部分穿西装,他却永远是一袭长衫,连见外宾时都不变。他跨在一个新中国与旧中国的界限上,做事时颇为果断,冲劲十足,深受西方的影响。但是，在观念和思想上，他又很保守，依然是个不折不扣的中国人，甚至是旧时代的中国人。因为事业成功、家庭富有，他身边自然奴婢成群。这，养成了他有些专横的个性，脾气非常火暴，全家对他，都必须言听计从，忍让三分。在公司中，他是老板，在家里，他是"一家之主"。这一家之主是相当权威的！但是，他对自己的一儿一女，却十分宠爱。因为过分宠爱，就也有迁就的时候，一旦迁就，他的"原则"就会乱掉。他就是这样一个半新半旧、半中半西、有时跋扈、有时柔软的人！

在芊芊卷入醉马画会的这时期，杜世全刚刚娶了他第三个姨太太素卿。杜世全的大老婆意莲是个非常贤惠、知书达理的女人，只生了芊芊这一个女儿，就不曾再生育。杜世全理所当然，又娶了心茹姨娘，生了小葳。谁知心茹并不长寿，两年前去世了。他忍耐了两年，终于耐不住了，就又纳了个上海女子素卿为三姨娘。这时，他才把这三姨娘带回杭州，以为意莲会像接受心茹一样接受素卿。谁知，意莲竟大受打击，闷闷不乐。芊芊已十九岁，护母心切，对这素卿也全然排斥。九岁的小葳，更站在姊姊和大娘一边。连一声"卿姨娘"都叫得勉强。偏偏素卿是个侵略性很强，占有欲也很强的女人，恃宠而骄，处处不肯退让。于是，家中随时会爆发战争，大女人（意莲）、中女人（素卿）、小女人（芊芊）就吵成一团。吵得这很有权威的杜世全也头昏脑涨。所以，当芊芊常常往外跑，又去参加画会，又去学画什么的，杜世全以为女儿就是不肯面对素卿，要逃离这个"家"。他教训了两句,就也没时间和心情来管了。

就在这种情况下,芊芊才能常去烟雨楼,当然,也去了水云间。

芊芊第一次去水云间,是子璇带她去的。

子璇准备了一个食物篮,把厨房中陆嫂准备的熏鱼、卤蛋、红烧牛肉、蹄筋、干丝……样样菜色,全都备齐,带着芊芊,散步到了水云间。

那天的梅若鸿,正是一个很典型的"倒霉日"。

早上起床后,就发现米缸已经空空如也,家里除了白开水,似乎找不到什么可以充饥的东西。算了,先画画吧!画到中午,太饿了,想起自己还养了只会下蛋的母鸡,几日来一定积了不少蛋,跑去篱笆院的鸡笼里一摸,嗨!一个蛋也没有!再画画时,发现画纸全用光了,颜料也所剩无几。决定出去想办法,卷了一卷画去城西那家字画老店"墨轩",想用画来抵押,赊一点画纸和颜料,谁知竟被那店小二骂了出来,说是前账未清前,绝不再赊账!对他的画也不屑一顾,完全狗眼看人低。无可奈何,只得回家。归途中,骑车走在田埂上,居然和一个农夫各不相让,吵了起来,农夫挑着两桶水,硬是从他身边挤过去,把他给挤进了田里,跌了一身烂泥。回到水云间,心一狠,想把老母鸡宰了充饥,伸手去鸡笼里一摸,简直不可思议,那只鸡竟也逃之夭夭,"鸡去笼空"了。

当芊芊和子璇结伴而来时,梅若鸿正趴在篱笆院里的草地上，在草丛中、杂物中找寻他的老母鸡，嘴里还在那儿"咯咯咯，咯咯咯"地唤着母鸡。

"咯咯咯！你给我出来！你怎么可以这样忘恩负义，蛋也不下一个就弃我而去？咯咯咯……"

芊芊睁大了眼睛，简直是惊愕得不得了。见识过了楼台亭阁的烟雨楼以后，她一直以为水云间也是座古典的"大建筑"，谁知竟是这样简单的一间"竹篱茅舍"！她来不及细细打量水云间，眼光就被趴在地上的梅若鸿给吸引了。她惊愕地问：

"你趴在地上，在找什么呢？"

子璇倒是见怪不怪，嘻嘻一笑：

"若鸿，我真是佩服你，"她说，"你一个人也能自得其乐！"

若鸿抬头看了她们一眼，就求救似的说：

"你们来得正好，快帮我找咯咯咯，突然不见了！还指望它给我下蛋呢，结果它竟不告而别！"

"咯咯咯是你养的鸡吗？"芊芊天真地问，"一定长得很可爱吧？我来帮你找！"说着，她就在院子里到处张望，东翻翻，西翻翻，连水缸盖子都打开看看，好像老母鸡会藏到水底去似的。

"好了！若鸿，你别折腾芊芊了！"子璇忍住笑说，"你这一身泥，又是怎么弄的？"

"倒霉嘛！"若鸿站起身来，开始述说，"先是鸡蛋没着落，再是赊账不成！接着嘛，在田埂上碰到一个凶农夫，把我给挤到田里去！回来一看，天啊，咯咯咯'鸡飞冥冥'，于是乎,就变成你们看到的这副狼狈相了!"

芊芊真是"闻所未闻""见所未见",眨巴着她那双灵活的大眼睛,只是对着他发呆。若鸿见她这样"惊奇",就哈哈大笑了起来:

"其实没什么,很普通的事,对我来说是家常便饭,上次我掉进西湖,差点没淹死,这次掉到田里,完全是小状况!"

"你快去水缸边把自己清洗一下!"子璇对若鸿说,"那只老母鸡也别找了,不知道你多久没喂了,八成自己去打天下了!"

"我看,"若鸿悻悻然地接口,"准是耐不了空闺寂寞,四方云游,去找老公鸡了!"

"那也不错!"子璇大笑,"有勇气去追求恋爱自由,是只难能可贵的老母鸡!应该颁发最佳勇气奖!"

芊芊看着他们两个,那么融洽,那么知已,好像是家人一般,这种气氛让她深深感动了。他们一边说着,已经绕到水云间的正门。屋檐下的风铃迎风摆动,丁零零地唱着一首清脆的歌。她伸手去抓住了风铃下的小木牌:

"水云间,好美的名字!"芊芊说。她四面张望,蓝天无际,白云悠悠。西湖如镜,苏堤如练。远山隐隐,烟波渺渺。真是人在画中,这才领悟水云间的魅力。"为什么取名叫'水云间'?有特殊含意吗?"

若鸿潇洒地一笑,指向水和天:

"水是西湖,云是天,我的小木屋就在西湖与天之间,我梅若鸿就住在水和云之间,所以叫'水云间'!"

芊芊被这样潇洒的情怀、这样豪放的胸襟、这样诗意的环境和这样萧条的现实所震撼了。带着种迷惑的情思,他们走进了小屋,一屋子的光线,在室内闪闪烁烁。原来木板与木板间有隙缝,阳光就从隙缝中射入,投射在床上、书桌上、画架上、墙架上……真是美丽极了。芊芊不得不想,下大雨的时候,这些隙缝会怎样?

室内的东西很简单,整个就是那样一大间,靠窗是书桌兼画桌,旁边竖着个大画架。靠墙,有一排书架,上面除了书以外,也放了许多瓶瓶罐罐。瓶瓶罐罐里,有的插着画笔,有的插着剪刀画尺等工具,还有个茶叶罐,里面插着一束芦苇。屋角有个筒形的、巨大的藤篮,里面全是画好的画卷。至于画板,更是每个墙边都有,连那张木板床上,也堆满了画。屋子的转角处是厨房,有炉灶、有水壶、有简单的锅呀盆呀的炊具。

子璇走到画桌前,把食篮里的东西一件件搬了出来,陈设在桌子上。若鸿洗干净了手脸,走过来一看,就忘形地大叫了起来:

"子璇,你真是我的知音呀!"

"是呀!"子璇笑着说,"我几里以外就听到你肚子里咕噜咕噜的叫声了!本来我昨天就要来的,可是谷玉农又跑来了,缠着我要讲和,被他闹成那样子,怎么还可能讲和呢?就耽误到今天再来……喂!若鸿,不要这样虐待你自己好不好?我忙的时候,劳驾你去烟雨楼好吗?"

"我已经一半日子都在烟雨楼了!"若鸿坐下来,拿起筷子，就开始狼吞虎咽,"哇！实在太美味了！你们也吃呀！不然我这秋风扫落叶似的，你们要吃就没有了！"

"我早已吃过了！"芊芊连忙说，稀奇地看着若鸿。

若鸿吃得眉飞色舞。

"嘿！有这么好的菜，怎可无酒？"他居然"得陇望蜀"起来，"子璇，酒呢？你有没有给我带酒来？"

子璇微笑着，从食篮里提出一小瓶绍兴酒来，往桌上一放。

若鸿发出一声好大的欢呼，跳起身子，拉起子璇的双手，就在室内绕了个圈子。他似乎恨不得想把子璇抱起来，举向天空。放开子璇，他眼睛里闪耀着喜悦，又感动又热情地说：

"一个早上的霉运，都被你一扫而空！此时此刻，我真想拥抱全世界！想想看，我梅若鸿毕竟是个好富有、好富有的人！"

芊芊注视着这个"好富有"的人，再注视那笑吟吟的子璇，心中非常感动。她突然了解到，子璇除了拥有谷玉农、钟舒奇、叶鸣等人的爱以外，她还拥有梅若鸿的"知遇之感"。他们两个之间，那种默契，那种和谐，不知怎的，就让芊芊那纤细的心，微微地刺痛了起来。

几天以后，芊芊再到水云间来看若鸿，带来了一大笼的母鸡，有二十几只。

"若鸿！你看！"她兴冲冲地说，"这么多只咯咯咯，就不怕它走丢了！"

"老天！"若鸿瞪大了眼睛，"杜大小姐，你真是大手笔呀！难道你不知道，我一只老母鸡都养不活，把它养得离家出走了！你现在送一大笼来，你要我怎么养呢？"

"哦！"芊芊一怔，自己也失笑了，"我没有想那么多！没关系，我会再送一袋米来，那么，你也有的吃，鸡也有的吃！"

梅若鸿愣住了，脸色迅速地阴暗下去，眼底，有种受伤的情绪：

"你在做什么？"他尖锐地说，"又送鸡又送米，你在放赈吗？"

"放赈？"芊芊听不懂，"什么放赈？"

"你在救济我！"他叫了起来，脸涨红了，"杜芊芊，让我告诉你，我的生活是自在逍遥的，你不要用你杜大家族的施舍来侮辱我！"

"什么救济？什么侮辱？你怎么说得这么难听？"芊芊一急，眼中就充泪了，"我特地到菜市场去，特地去买这些鸡，提了这么大老远路给你送来，我是一片好意！你不接受也罢了，怎么发这么大脾气，故意扭曲我的意思！你……你太过分了！"

梅若鸿呆呆站着，看着芊芊那对水蒙蒙的大眼睛。在那对大眼睛里，看到那种让他全心灵都惊悸起来的柔情。他震动着、慌乱着、退缩着、躲避着……不行！不行！美好如芊芊，完美如芊芊，会让他自惭形秽啊！

"你走！"他狼狈地、昏乱地说，"带着你的鸡一起走！我梅若鸿……"他艰涩地吐出来，"无功不受禄！"

"你不公平！"芊芊的泪，顿时间如决堤般滚滚而出，

"我明明看到子璇为你送菜送酒的！为什么子璇可以，我不可以？"

"子璇……和你不一样……"

"怎么不一样？"她逼近了，泪雾中的眸子，闪闪发亮，带着一股强大的力量，对他压迫过来。

"子璇和我，是同一国的人，"他勉强地说，"你不同，你来自另一个国度！我可以接受内援，不能接受外援！否则……"他说得语无伦次，"否则，我就太没格调了！"

"好！我懂了！"芊芊一跺脚，回头就走，走到那笼鸡的前面，她气冲冲地打开鸡笼，把二十几只鸡全赶得满天飞。她对鸡群挥舞着双手，嘴里大喊："去去去！去找自由去！去找大公鸡去！去去去！快去快去！快去快去……"

一时间，满院子鸡，咯咯狂叫，飞来飞去，简直惊天动地。若鸿震惊极了，喊着说：

"你在做什么？"

芊芊瞪了他一眼，昂起下巴说：

"我把所有的'外援'，全体'外放'了！这下子，你可以心安理得了！我这个'外国人'，也撤退了，免得侵犯了你的'领土'！"

说完，她掉头就跑走了。

"芊芊！芊芊！"他追了两步，又硬生生地收住了脚。心中翻翻滚滚，涌上一阵澎湃的心潮。这样的女孩，这样伶俐的口齿，他喜欢！他太喜欢了！

不行！不行！他倒退着，一直退到水云间的墙上，他就靠着墙,整个人滑坐下来,用双手紧紧捧着头。他记忆的底层,有片阴霾正悄然掩至。不行不行!他有什么资格去追回她,去喜欢她呢?

  一种难以解释的挫败感,就这样向他淹没了过来。

第五章

几天后,在烟雨楼的一次聚会中,这挫败感又一次淹没了若鸿。

那天,大家都聚在画室,唯独芊芊没有来。子默三番两次去回廊上张望,终于引起全体的注意。这汪子默,今年已经二十八岁,却仍然孤家寡人。平日,他常说他抱"独身主义",不相信人间有"天长地久",所以,也不相信婚姻。说来也巧,这醉马画会里的男士个个是单身,都二十好几了还没成亲。但,大家和子默不一样,都是"事业未成,功名未就",都是穷得叮叮当当,又都是由外地来杭州求学,再留在杭州习画的,老家分散在全国各地。像梅若鸿,就是四川人,钟舒奇来自武汉,"三怪"中的沈致文和叶鸣来自安徽,陆秀山最远,是从东北来的。大家既不是杭州人,对未来也没什么把握,就都不愿谈婚姻大事。可是,这汪子默就不然了,又有钱又有名,又年轻又漂亮,是许多名门闺秀注意的目标,他偏偏不动心，简直是个怪人！而现在呢？他居然也有"望穿秋水"的时候！

"你给我从实招来！"陆秀山盯着他说，"你这样魂不守舍，到底是在等谁？"

"招就招嘛！有什么了不起！"子默居然潇潇洒洒地说了，"等杜芊芊嘛！"

"不得了！"沈致文大叫，"汪子默凡心动了，杜芊芊难逃魔掌！"

"什么'魔掌'？"子默瞪瞪眼，"你少胡说！"

"我是说'默掌'，说错了吗？"

大家都笑了。这"醉马三怪"，个个能说善道。

"这不行！"陆秀山的脸一垮，"我陆大侠难得对一个女孩子动了心，你这个大哥拦在前面，我还有什么戏可唱！"

"就是嘛！"沈致文接口，"太不公平了！"

子默啼笑皆非地看看众人，举起手来说：

"好好好，大家说实话吧！你们当中对杜芊芊有好感，想追杜芊芊的，请举手！我要先知道敌人在哪里，好对准目标一个个清除掉！"

"我！"

"我！"

"我！"

一下子举起三只手来，子默一看，除沈致文和陆秀山以外，还有一只居然是子璇的，子默笑着说：

"你凑什么热闹？你是女孩子吔！"

"哇！那个杜芊芊，连我这女孩子看了都心动！我如果是男孩子啊，杜芊芊一定被我追上，你们都不够瞧！"

大家发出一片哗然之声。

子默看向若鸿。

"你——不举手？"他盯着若鸿问。

"我——"若鸿怔了怔，仔细地想了想，就慢慢地举起手来，举到一半，他又颓然地缩回去了，对子默说，"我让给你吧！"

"真的吗？"子默紧盯着若鸿，半认真半玩笑地，"这个杜芊芊，可是你带到烟雨楼来的，你如果弃权，我就当仁不让了！"

"子默，我必须审审你，"若鸿提起神来，凝视着子默，"你不是抱独身主义的吗？这回怎么？是真动心还是假动心？"

子默微微一笑，眼中的光芒是非常真挚的。

"我也不知道是真动心还是假动心，但是，就有那种'众里寻他千百度，蓦然回首，那人却在灯火阑珊处'的感觉！"

"哇！"钟舒奇大大一叹，"连子默都栽进去了，真是各人有各人的债！"说着，就情不自已地看了眼子璇。

"好了！我明白了！"子默笑着说，"我们醉马画会，已被两个女子，双分天下，壁垒分明！好了，我知道我的敌人有些谁了，我们就各展神通，大家追吧！追上的人不可以保密，要请大家喝酒！"

"好！好！好！"大家起哄地喊着，吼声震天。

子默好奇地看了看若鸿，仍然有些不放心。

"你到底是哪一边天下的人？我对你有点摸不清楚！"

"我啊！"若鸿抬头看天，忽然就感到忧郁起来，那片阴霾又移过来了，紧紧地压在他的心上，挫败感和自卑感同时发作，竟不知该如何自处了，"你们所有的战争都不用算我。反正，我啊……我是绝缘体！"

"那太好了！"子默如释重负，"去除了你梅若鸿这个敌手，我就胜券在握了！"

"咦！别小看人！"沈致文大叫，"还有我呢！"

"是呀，鹿死谁手，还不知道呢！不到最后关头，谁都别得意，男女的事，比一部《三国演义》还复杂！"陆秀山说。

"好吧好吧！公平竞争嘛！"子默喊，"也不知道人家杜芊芊，定过亲没有？"

"算了吧！"叶鸣说，"成过亲的，我们还不是照追不误，定了亲拦得住谁呢？"

大家都笑了。

这是若鸿第一次听到子默坦承爱芊芊，这带给了他极大的"冲击"。他觉得无法再在画室待下去，就走到外面的回廊里，抬头望着西湖，心情十分紊乱。在那远远的天边，真的有乌云在缓缓地推近。他甩甩头，想甩掉一些记忆，却甩出了芊芊那雾蒙蒙的眼睛；几分天真，几分幽怨，几分温柔，几分深情……他再甩头，甩不掉这对眼睛。他不服气，再甩了一下头。

"你的头怎样了？得罪了你吗？"子璇走过来，微笑地问，"别把脑袋甩掉了！感情的事，要问这儿，"她指指他的心脏,"不是问这里!"她再指指他的脑袋。说完,翩然一笑,她跑走了。

若鸿有些眩惑起来。这两个女子——子璇和芊芊,都各有各的美丽,各有各的灵慧,真是平分秋色,各有千秋!

下一次聚会中,芊芊来了。她看来有些忧郁,有些憔悴。原来,她和她家那位卿姨娘起了冲突,杜世全偏袒卿姨娘,狠狠地责备了她。芊芊到了烟雨楼,忍不住就把自己的烦恼和盘托出,她真恨这个"一夫多妻"制!真恨男人的"得陇望蜀""用情不专"。一时间,这走在时代尖端的、前卫的醉马画会,人人都有意见,你一言我一语地说得好热闹,有的攻击中国的婚姻制度,有的说女性被压抑了太久,已不懂得争取平等!有的说芊芊的娘意莲太柔弱,有的又说素卿宁愿做小妾,太不懂得尊重自己……反正,说了一大堆,却没有具体的办法,来帮助芊芊。于是,子默提议,全体驾了马车出游去,让芊芊散散心!这提议获得大家的附议,于是,一行八个人,全挤进那辆西式敞篷马车里,子默驾车,就出门去了。

他们离开了西湖区,来到一处名叫"云楼"的地方。这儿是一大片的竹林,中间有条石板路,蜿蜒上山。竹林茂密,深不见底,苍翠欲滴的竹叶,随风飘动,像是一片竹海,绿浪起伏。这个地方因为偏远,游人罕至,所以十分幽静。

就是在这里,他们遇到了那个怪老头。

怪老头是迎面出现的。远远地,他们先看到一个白影子,听到了一阵苍老的，嗓音却很浑厚的歌声：

> 问世间情为何物？
> 直教人生死相许，
> 看人间多少故事，
> 最销魂梅花三弄！
> 梅花一弄断人肠，
> 梅花二弄费思量，
> 梅花三弄风波起，
> 云烟深处水茫茫！
> 红尘自有痴情者，
> 莫笑痴情太痴狂！
> 若非一番寒彻骨，
> 哪得梅花扑鼻香！

歌声反复重复，就这样几句。大家听得蛮入神。竹林、小径、马车、歌声……颇有几分诗意。然后，马车下了一个坡，再上坡时，陡然间，那老头就杵在面前了。他穿着白褂白裤，白发白须，面貌清癯，有那么几分仙气。老头手里握着一个骆驼铃，背上背了一个卖杂货的竹篓。

"小心啊！"若鸿失声大叫，"老先生，让开让开！"

"子默，快勒住马呀，"钟舒奇叫，"你要撞上他了！"

"小心啊！小心啊……"众人一片尖叫。

就在这尖叫声中，马车从老头身边擦过去，老头摔倒了，竹篓中形形色色的杂物,也滚了一地。子默急忙勒住马,大家又喊又叫地跳下马来,奔过去扶老头。

"有没有摔着?有没有伤筋动骨?要不要擦药?"大家七嘴八舌地问,纷纷去搀扶老头。

那老头却无视众人,排开了大家的搀扶,他急急忙忙地趴在地上,去捡他散落了一地的东西,一边捡,一边哭丧着脸说:

"糟了糟了!我的明朝古镜,砸了砸了!描金花瓶,砸了砸了!香扇坠子、玛瑙珠子、宋朝古箫……"

原来是个卖古董的!大家看着他满地爬着捡东西,手脚灵活,知道没有撞伤他,就都松了一口气。然后,大家都弯下身子,帮着他捡东西,帮着他收拾,也安慰着他。

"你瞧!没砸没砸!"若鸿说,"香扇坠子、玛瑙珠子,都没砸没砸……"他忽然拾起了一样东西,好奇地细瞧着,"咦!一支簪子!用梅花镂花的簪子!好细致玲珑的东西!"

两个女孩子都跑过来细看。

"我从没看过梅花簪!"芊芊说,"我看过莲花簪、凤仙簪、孔雀簪……就没看过梅花簪!"她瞪视着若鸿手中的簪子,不知怎的,心底竟浮上一种异样的感觉。

"若鸿!"子璇也发出一声惊叹,"这簪子倒像你家的图腾!"

"是呀。"若鸿有一阵眩惑,心中像被什么隐形的力量给撞击了,"我姓梅,偏偏捡起一支梅花簪!可惜这簪不是红色的,否则,就应了我的名字了!梅若鸿,梅若红嘛!"

"这支梅花簪啊，可大有来历了！"老头站起身子，看看簪子，看看众人，"它是前清某个亲王府里的东西，据传说，福晋那年生了个小格格，因为没有子嗣，生怕失宠，就演出一出偷龙转凤的骗局，把小格格送出王府，换来一位假贝勒。福晋生怕小格格一出王府，永无再见之日，就用这支梅花簪，在小格格肩上，留下了一个烙印，作为日后相认的证据。这位格格后来流落江湖，成为卖唱女子。假贝勒却飞黄腾达，被选为驸马，没想到，上苍有意捉弄，竟让这位真格格和假贝勒相遇相恋。从此，两人的命运像一把锁，牢牢锁住，竟再也分不开来！"

"是吗？"若鸿好奇地问，"你是说，这梅花簪有关一位小格格的身世之谜，还有段凄美的爱情故事？"

"是啊！"

"是悲剧还是喜剧呢？"子默问，"那小格格和假贝勒，有情人终成眷属了吗？"

"这个故事，传说纷纭，有人说，假贝勒在身世拆穿之后，就被送上了断头台，小格格就当场殉了情！也有人说，假贝勒临上断头台，被皇上特赦，但格格已经香消玉殒，贝勒就此出了家。还有一说，格格与贝勒，皆为狐仙转世为人，到人间来彼此还债，贝勒被处死之后，格格殉情，两人化为一对白狐，奔入山林里去了！"

"啊！"若鸿有些怔忡，"我喜欢最后一说！最起码，这段爱情没有因死亡而结束！"

"像梁山伯与祝英台，死后幻化为一对蝴蝶！"子默说，

"中国人喜欢在悲剧后面,留一点喜剧的尾巴!"

"这支梅花簪,"芊芊有些着迷地问,"真的就是用来烙印的梅花簪吗?"

"你们大家回去找一找,"子璇笑着说,"谁身上有梅花形的胎记,说不定就是小格格投胎转世!"

"我不相信前世今生,"沈致文说,"这一辈子已经够累了,活好几辈子还受得了!"

"我就希望有前世今生!"叶鸣又要抬杠了,"这样子,今生未了的希望,来生可以再续,希望永在人间!"

就这样,大家你一言我一语,又热烈地讨论起"前世今生"来。若鸿握着那簪子,忽然间心潮澎湃,生出一份强烈的"占有欲"来。

"喂!老伯,这支簪子,你要多少钱?我跟你买了!"

老头看看簪子,看看若鸿。

"你买不起!"

"你出个价,我要定了这支梅花簪!"若鸿急了,非要不可,"你说个价钱,咱们大家凑钱给你!"他又去看子默:"你帮我先垫,我将来再还你!"

老头再深深地看了若鸿一眼。

"你说你姓梅啊?"

"是啊,这支簪子,跟我有缘嘛!"

老头收拾好他的背篓,背上了肩:

"既然你说有缘,这簪子,就给了你吧!"他潇洒地说,"钱,不用了,天地万物,本就是有缘则聚,无缘则散!这簪子，今天是自己找主人了！好了，我们大家，也散了散了！"

老头说着，背着背篓，迈开大步，说走就走。嘴里，又唱起他那首梅花这样、梅花那样的歌来。若鸿还想追他，他却走得飞快，转眼间，就只剩了个小白点。大家怔怔地望着他的背影，都出起神来。

"这个老人不简单，"钟舒奇说，"我看他一肚子典故，谈吐不凡，倒像个江湖隐士！"

"确实如此！"子默点头，"这江湖之中，大有奇人在！"他掉转头，看着那拿着簪子出神的若鸿，忍不住敲了他一记，问："你这样死乞白赖地跟人家要了梅花簪，你有什么用处呢？"

若鸿大梦初醒般。

"是啊！我一个大男人，要一支发簪做什么？我就是被那个故事迷惑了嘛！"他抬起头来，看看子璇，又看看芊芊，再看看子璇，再看看芊芊，眼光就在两个女孩脸上转来转去，"这是女人用的东西，我看我把它转送给在座的女性吧！"

他的眼光又在子璇和芊芊脸上转，犹豫不决。

子璇深刻地回视着他。

芊芊热烈地凝视着他。

"哈！"若鸿笑了起来，自我解释地说，"子璇太现代化了，用不着这么古典的发簪，所以，给了芊芊吧！"

说着，他就走到芊芊面前，把簪子郑重地递给了她。

"你……把它送给我？"芊芊又惊又喜。

"是啊！"若鸿说，"以后你心烦的时候，看看簪子，想想我们大伙儿，想想说故事的老头，想想故事里那个苦命的格格，想想那个梅花烙印……你就会发现，自己也挺幸福的！至于你爹娶姨太太的事，不就变得很渺小了吗？"

"是呀！是呀！说得对呀！"大家都喊着。

芊芊握紧了簪子，深深地注视着若鸿。一阵喜悦的波涛，从内心深处，油然涌出，把她整个人都吞噬了。她紧紧地、紧紧地握着这簪子，她像握住的，是她自己的命运。这是他的图腾，他却把它送给了她！

她抬眼看竹林，看小径，看青山翠谷，觉得整个山谷，都为她奏起乐来，喜悦的音符，敲动了她每一根心弦！

第六章

芊芊就这样，陷进了一份强烈的、义无反顾的、椎心泣血般的爱情里去了。她无法解释自己的感觉，也无法分析自己的思想。她只是朝朝暮暮，握着那支梅花簪，疯狂般地念叨他的名字：梅若鸿！梅若鸿！梅若鸿！梅若鸿……每念一次，眼前心底，就闪过他的音容笑貌，狂放不羁的梅若鸿、天才洋溢的梅若鸿、稚气未除的梅若鸿、幽默风趣的梅若鸿、热情奔放的梅若鸿、旁若无人的梅若鸿、充满自信的梅若鸿、充满傲气的梅若鸿、疯疯癫癫的梅若鸿、喜怒无常的梅若鸿！她脑中的每个思绪里都是梅若鸿，眼中看出去的每个影像都是梅若鸿。过去十九年的回忆都变成空白，存在的只有最近一个多月的点点滴滴，因为每个点滴中都是梅若鸿！

梅若鸿的感觉，和芊芊并不一样。瑟缩在他的水云间里，他不敢去想芊芊，因为每想一次，就会带来全心的痛楚。那么美好的杜芊芊，是他不敢碰触、不敢占有、不敢觊觎，也不敢亵渎的！自从知道子默爱着芊芊之后，他更不敢想芊芊了。在他心目中，世上最完美的男人是子默，最完美的女人是芊芊。君子有成人之美，芊芊既不能属于梅若鸿，就该属于汪子默！或者，老天要他认识芊芊，就是要借他作个桥梁吧！但是，他为什么那么心痛呢？为什么抛不开又丢不下呢？芊芊！他真的不要想芊芊！抓起一支画笔，他对着窗外的水与天，开始画画，画水、画天。糟糕，水天之中，怎会有个大眼睛、长辫子的少女呢？丢下画笔，他对自己生气，气得一塌糊涂。

就在他左也不是，右也不是，把最后一张画纸也画坏了，最后一点儿洋红也用光了之后，芊芊来了。

"若鸿，你瞧，我带什么东西来了？"

她双手满满都是东西，高高地遮住了她的脸庞，走到桌边，她的手一松，大卷小卷的东西全落到桌面，露出了她那闪耀着阳光的脸庞。

"画纸？"若鸿检点桌上的东西，不可思议地说，"西画水彩纸？国画宣纸？还有画绢？颜料、炭笔、画笔……你要我开文具店吗？"

"还有呢！"她抓起一个大袋子，"这里面是吃的，有菜有肉有鸡翅膀，等会儿把它卤起来！"

他的心飞向她去，芊芊啊，你让人太感动了！但是，他的脸色却和心事相反，就那么快地变阴暗了。

"若鸿，你听我说！"她奔上前来，热情地抓住了他的双手，她眼中绽放着光彩，不害羞地、不瑟缩地、不顾忌地，也不隐瞒地喊了出来,"这一次,和上次送咯咯咯不一样!上次你说我是外国人,所以你不接受我的好意,可是,现在,我已经被你'同化'了,被你'征服'了,事实上,"她大大地喘口气,眼珠更亮了,"我已经弃城卸甲,被你'统治'了,我不再有自己的国土,也不再是自我的国王,我愿意把我的一切,和你分享!你不可以拒绝我,也不可以逃避我!因为我和你是一国的人了!当你把那个梅花簪交到我手里的时候,你就承认了我的国籍了!你再也不可以把我排除到你的世界以外去了!"

他瞪视着她,在她那黑黑的瞳仁里,看到了两张自己的脸孔,两张都一样震动、一样惊愕、一样惶恐、一样狼狈,也一样"弃城卸甲"了!

"芊芊!"他热烈地轻喊了一声,双手用力一拉,她就滚进了他怀里。他无法抗拒,无法招架,无法思想……他的头俯了下来,他的唇热烈地压在她的唇上了。

她双手环抱住了他的脖子,她那温热的唇,紧紧贴着他的。她的心狂跳着,他的心也狂跳着。他们在彼此唇与唇的接触中,感应到了彼此的心跳,和彼此那强烈奔放的热情。此时此刻,水也不见了,云也不见了,水云间也不见了。天地万物,皆化为虚无。

片刻,他忽然推开了她。重重地甩了一下头,他醒了,心中,像有根无形的绳子紧抽了一下,他倏然后退。

"芊芊!"他哑声地说,"不行!我不能这样……别招惹我!你逃吧!快逃吧!我是有毒的!是个危险人物,我不要害你！我不要害你！"

"请你害我吧！"芊芊热烈地喊，"就算你是毒蛇猛兽，我也无可奈何，因为我已经中毒了！"

"不不不！"他更快地后退，害怕地、恐慌地看着她，"如果我放任自己去拥有你，我就太恶劣了。因为你对我一无所知，你不知道我的出身来历，不知道我的家世背景，不知道我一切的一切，你只知道这个水云间的我……我不够好，配不上你……"

"为什么你总是要这样说呢？你的出身是强盗窝？是土匪窝？是什么呢？"

"不是强盗，不是土匪，只是农民，我父母都不识字，靠帮别人种田为生，我家除了我以外，没有任何人受过教育……全家穷得叮叮当当。我十六岁离家，去北京念书，到现在已十年不曾回家，也未通音讯……你瞧，我这么平凡渺小，拿什么来和富可敌国的杜家相提并论！"

"我不在乎！"她喊着，"我真的不在乎！不要再用贫富这种老问题来分开我们吧！"她又扑上前去拉他的手。

"你不在乎，我在乎！"他用力甩开了她的手，好像她手上有牙齿，咬到了他，"你饶了我吧！好不好？你每来一次，我的自卑感就发作一次。你看看我，这样一个贫无立锥的人，怎样给你未来？怎样给你保证？我什么都做不到！"

"我知道了！"她张大眼睛，"你不想被人拴住，你要自由，你要无拘无束，你不想对任何人负责任……"

"你知道就好！"他苦恼地喊，"那么，你还不走？"

"你一次一次赶我走,但是,你从不赶子璇!或者,子璇才是你真正爱的人!"

他掉头去看天空,不看她,不回答。

"因为子璇有丈夫,你们在一起玩,没有负担,你不必为她负责,她也不会束缚你,是不是?是不是?"

"或者吧。"他迅速地武装了自己,冷冷地说,"你要这么说也无妨!"

"但是,"她提高了声音,"你把梅花簪给了我!你在两个女人中作了选择,你把你的图腾给了我!"

"那根本毫无意义,你懂吗?"他大叫了起来,眼神狞恶地、冒着火地、凶暴地盯着她,"送你一个簪子,那只是个游戏,根本不能代表任何事情!你别把你的梦,胡乱地扣到我的头上来!难道你不明白,我一点也不想招惹你!"

"可是你已经招惹我了!"芊芊的泪,终于被逼出来了,"那天在望山桥上,你死拖活拉,要我去烟雨楼,那时你就招惹了我!接下来每天每天,你都在招惹我,当你把梅花簪送给我的时候,你更是百分之百地招惹了我!而现在,你居然敢说,你不想招惹我!"

"好好好,算我招惹了你,那也只是我的虚荣心在作祟!因为你是个美丽的女孩子,我的'招惹',只是男人劣根性中的本能!根本不能代表什么!"

"原来如此!"她气得脸色青一阵白一阵,重重地呼吸着,"那么,你刚刚吻住我,也是你的劣根性作祟?"

"不错!"他大声说。

"你……你……"她被打倒了,身子倒退往门边去,含泪的眸子仍然不信任地瞅着他,"你为什么要这么残忍地对待我?你不知道我已经抛开自尊心,捧出我全部的热情……"

"如果你有这么多的热情,无处宣泄,去找子默吧!"他咬咬牙,尖锐地说。

她的脚步踉跄了一下,身子重重地撞上了门框,她盯着他,死死地盯着他,脸色苍白如纸。

"他条件好,有钱有名有才气有地位。"他继续说,语气急促而高亢,"他对你,又已经倾慕在心,他能给你所有我给不起的东西!你如果够聪明,放开我,去抓住他!他才是你的白马王子,我不是!"

"好,好,好!"她抽着气,昂起下巴,恨极地说,"这是你说的!希望你不会后悔!我恨你!恨你!恨你!恨你……"

她一连串喊出好多个"恨你",然后,一掉头,她夺门而出,飞奔而去。

他震动地、痛楚地拔脚欲追,追到门口,他的身子滑落了下来,跌坐在门口的门槛上。

"芊芊!"他把手指插入头发,死命地扯着头发,低声自语着,"不能害你,不能害你……因为爱你太深呀!我已经给不起婚姻,给不起幸福,我害过翠屏,不能……再害你了。"

翠屏,这个名字从他心口痛楚地碾过去,一个久远以前的名字,一个早已失落的名字,一个属于前生的名字,一个好遥远好遥远的名字……瞧,芊芊的出现,把他所有隐藏得好好的"罪恶感",全都挖出来了!

接下来的日子,芊芊和子默成双入对了。

西湖,原来就是个浪漫的地方,是个情人们谈恋爱的地方,是个年轻人筑梦的地方,是个熏人欲醉的地方……子默就这样醉倒在西湖的云烟苍茫里,醉倒在芊芊那轻灵如梦的眼神里,尝到了这一生的第一次——"坠入情网"的滋味。

一时间,画船载酒,平波泛舟。宝马车轮,碾碎落花。百卉争妍,蝶乱蜂喧……西湖的春天,美好得如诗如画。子默和芊芊,就在这个春天里,踏遍了西湖的每个角落:苏堤春晓、柳浪闻莺、三潭印月、九溪烟树……

五月里,整个醉马画会已传得沸沸扬扬。沈致文和陆秀山两个,气冲冲地说:还来不及出招,就莫名其妙地败了!大骂子默不够江湖义气。叶鸣和钟舒奇,摆明了是追子璇的,此时隔岸观火,幸灾乐祸,把沈致文和陆秀山大大调侃了一番。子璇眉开眼笑,真正是乐在心头。梅若鸿的感觉最复杂,酸甜苦辣,百味杂陈,简直不知该如何自处,当大家又笑又闹又起哄时,唯独他最沉默。子璇爽朗地笑着,嚷着说:

"好了!好了!我看啊,芊芊搅乱的这一湖水,终于平静下来啦!不过,"她看着若鸿,笑着问,"你怎么不讲话,难道在闹'失恋'吗?"

若鸿一惊。芊芊忍不住去看若鸿,两人目光一接,就又都迅速地转了开去。

"在这世界上,有人'得意',总有人'失意'!"若鸿苦涩地一笑,半真半假地说,"冠盖满京华,斯人独憔悴!"

子璇大笑了起来,一面笑,一面敲着若鸿的肩说:

"少来了!给你一根杆子,你就顺着往上爬!还'斯人独憔悴'呢!君不见,今日醉马画会,'人人皆憔悴','个个都寂寞'吗?"

子璇此话一出,大家叫嚷得更厉害了。叹气声,跌脚声此起彼落。最后,闹得子默摆酒请客才了事。

那夜,子默在烟雨楼靠湖的那间水心阁里,摆了一桌非常丰盛的酒席,实践当初"赢了的人,要请大家喝酒"的诺言,芊芊也参加了。酒席刚摆好,又来了个意外的客人,那人竟是谷玉农!他带着一脸的憔悴和祈谅,低声下气地对大家说:

"这样的聚会,让我也参加,好不好?给我一个忏悔的机会,让我了解你们,好不好?"

自从大闹烟雨楼,害醉马画会的会员集体入狱以后,这谷玉农隔几天就来一趟烟雨楼,又道歉又求饶,希望能重新获得美人心。子璇对他,是几百个无可奈何。众人对他,全没有好脸色。但他这回改变了策略,一切逆来顺受,不吵不闹,这样的低姿态,使子默也没了辙。其实,这谷玉农也不是"恶人",更非"坏人",他只是不了解子璇,又爱子璇爱得发疯,才弄得自己这样做也不对,那样做也不对。

结果,这晚的宴会,各有各的心事,各有各的状况,大家都酒到杯干,没一会儿就都醉了。正像沈致文说的:

"今天完全不是'酒逢知己千杯少',而是'几家欢乐几家愁'!"

真的!若鸿一直闷着头喝酒,把自己喝得醉醺醺。芊芊心事重重,只要有人跟她闹酒,她就"干杯",害得子默抢着去拦酒,抢着去干杯,喝得脸红脖子粗。沈致文和陆秀山是"失意人",自然"失意"极了。这钟舒奇和叶鸣,看到谷玉农加入,就都"不是滋味"。而谷玉农,见子璇对别人都欢欢喜喜,唯独对自己就没好脸色,心情更是跌落谷底。

这样的酒席,还没有吃到一半,大家已经东倒西歪,醉态百出,醉言醉语,全体出笼。但是,那夜的宴会,却有一项"意料之外"的收获。

原来,当大家都已半醉的时候,钟舒奇忽然满斟了一杯酒,走到谷玉农面前,诚挚已极地说:

"玉农,我代表全体醉马画会的会员,敬你一杯,我先干了!"他一口喝干了杯子,更诚恳地说,"这些年来,大家对你诸多的不友善,是我们不对!对不起!"

"怎么,怎么……"谷玉农太意外,竟结舌起来。

"玉农!"钟舒奇继续说,"看在我们大家的分上,请你'高抬贵手',放了子璇吧!"

谷玉农大惊失色,还来不及反应,子璇眼眶一热,眼泪就成串地滚落出来。芊芊见子璇哭了,就奔上前去,用双手拥着她,眼泪也扑簌簌地滚落。所有的人都震动了,顿时纷纷上前,纷纷对谷玉农敬酒。

"玉农,你就快刀斩乱麻,把这段不愉快的婚姻,斩了它吧！你还给子璇自由吧！"子默说。

"结束一个悲剧，等于开始一个喜剧呀！"若鸿说。

"长痛不如短痛，你们已经彼此折磨了四年，还不够吗？可以停止了！"叶鸣说。

"就凭你谷玉农这样的人才，还怕找不到红颜知已吗？为什么要认定子璇呢？"沈致文说。

"如果你肯放掉子璇，我们醉马画会就交了你这个朋友！"陆秀山豪气干云地说，"从此欢迎你，和你结成'生死之交'！"

"对！对！对！"众人齐声大吼。

谷玉农四面张望，看到一张张诚挚的、请求的脸孔，再看到哭得稀里哗啦的子璇和芊芊，他的心都冷了、死了。他激动起来，情难自己：

"子璇，你说一句话！我现在要你一句话！你非跟我离婚不可，是不是？"

子璇掉着泪，哀恳地看着谷玉农。

"玉农，不是你不好，是我不好……你就让我去过我自己的日子吧！"

谷玉农再环视众人，喟然长叹：

"好好好，看样子你们要剔除我的念头，简直是'万众一心'！算了算了，子璇，我就成全了你吧！"他抬头大声地喊，"趁我的酒还没有醒，还不快把纸笔拿来呀！等我的酒醒了，再要我签这个字，可就比登天还难了！"

大家都惊喜交集，不相信地彼此互视。然后，好几个人同时奔跑,拿纸的拿纸,拿笔的拿笔,拿砚台的拿砚台,磨墨的磨墨……子璇怔怔地站在那儿,一脸做梦般的表情。谷玉农提起笔来,就一挥而就:

"谷玉农与汪子璇,兹因个性不合,无法继续共同生活,彼此协议离婚,从此男婚女嫁,各不相涉!"

他在证书下面,郑重地签下自己的名字,把笔递给子璇,子璇也签了字,然后,参与宴会的其他七个人都签名作为见证。等到字都签完了,子璇忽然就奔上前去,拥住谷玉农,感激涕零地说:

"谢谢你!谢谢你这样心平气和地成全了我,放我自由,我说不出有多感激!玉农,我答应你,做不成天长地久的夫妻,我要和你做天长地久的朋友!"

说完,她情绪那么激动,竟在他面颊上印了个吻。

谷玉农震动极了,带着醉意,他喃喃地说:

"结婚四年来,第一次看到你对我这么好……早知道这样,我早就该签字离婚了!"

"谷玉农万岁!"叶鸣举手狂呼。一时间,众人回应,大家的手都举起来了,都高呼着:"谷玉农万岁!"

谷玉农站在那儿,忽然间觉得自己做了件好"伟大"的事,竟飘飘欲仙起来了。

谷玉农和子璇的婚姻关系,就在这次宴会中结束了。子璇像飞出牢笼的鸟,说不出有多快活。而谷玉农,在以后许多日子里,都怀疑这次"杯酒释夫权"是不是自己中了计?但是,子璇很守信用,从此,他在醉马画会中,从"不受欢迎的人物",转变成"受欢迎的人物",他也就接受了这个事实。而且,萌生出一种新的希望来:只要男未婚,女未嫁,他可以继续追求她呀!说不定,子璇兜了一个大圈子,还回到他怀里来呢?

第七章

那晚,宴会结束的时候,夜色已深,是子默把芊芊送回家的。芊芊已脚步蹒跚,醉态可掬。

杜世全和意莲在客厅中等待着芊芊。见到芊芊发鬓已乱,满面潮红,眼角唇边,全漾着酒意,杜世全已经火冒三丈,碍着子默在场,强抑着怒气。意莲又着急又担心,不住看看世全,又看看子默和芊芊,就怕杜世全会当着子默的面发作起来。子默倒是大大方方、彬彬有礼的。虽然也喝了过多的酒,但他对杜世全和意莲仍然执礼甚恭,而且是不亢不卑的:

"杜伯伯、杜伯母,对不起,这么晚才把芊芊送回来。因为画会中有聚餐,大家都好喜欢芊芊,实在不舍得让她早回家。请你们千万不要责备芊芊,如果要怪罪,就怪罪我吧,是我设想得不够周到。"他凝视着杜世全,微微一弯腰,坦率地再说了几句,"最近,我和芊芊常常在一起,真佩服你们教养了这么好的一个女儿!改天,我会正式拜访!不打扰你们了!"

子默行了礼,转身就走了。

杜世全怒瞪着芊芊,眼中冒着火。芊芊一看情况不妙,只想溜之大吉。才举步上楼,杜世全就吼着说:

"你给我站住!"

芊芊只好站住,被动地看着杜世全。

"你说说,你最近到底在做些什么?"

她张了张嘴。她想说:我爱上了一个男孩子,他的名字叫梅若鸿,可是他不要我,反而把我推给汪子默,所以,我的人和汪子默在一起,我的心想着梅若鸿。我已经掉入油锅里,快被煎透了,快被烤焦了,快被炸得粉身碎骨了……她当然无法说出这些话。咬咬嘴唇,她心中绞痛了起来,眼中就迅速地充泪了,一句话还没有说,泪珠已夺眶而出。

"好了好了,"意莲急忙拦过来,用手搂着芊芊,对世全哀求似的说,"你就不要再说她了嘛!"

"我说她了吗?"杜世全又惊又怒,"我一句话都没说,她就开始掉眼泪!"他瞪着芊芊:"杭州小得很,他们醉马画会又很有名,全是些放浪形骸、不务正业的疯子!你要学画,我没有理由不许,你如果想嫁给汪子默,我告诉你,门儿都没有!从今以后,你也不要再跟这些声名狼藉的艺术家鬼混了,免得弄得身败名裂!你还没许人家呢,这个样子,还有哪个好人家会要你?"

"世全,少说两句吧!"意莲拉着芊芊,就把她拖上楼去,一边走一边低低叽咕,"汪子默好歹也是个知名画家,年轻有为,家世也不错,长相也蛮讨人喜欢……干吗发那么大脾气呢?"

意莲一边说着,已拖着芊芊上了楼。走进芊芊的卧室,意莲就忙忙地把房门一关,对芊芊急切而安慰地说:

"你不要急,你不要怕,快告诉娘,你是不是真的喜欢了汪子默?你尽管告诉我,我会跟你爹去争取的!"

"娘啊!"芊芊大喊了一声,就一把抱住了意莲,一任自己的泪水疯狂般滚落,她无助地、惶恐地、悲切地嚷了出来,"不是汪子默,是梅若鸿啊!"

"梅若鸿?"意莲大吃一惊,见芊芊哭得如此悲切,吓得六神无主了,"谁是梅若鸿?他欺负了你吗?他占了你的便宜吗?他是什么人?"

"他根本不屑欺负我,不屑于占我便宜,他不要我,他眼中根本没有我啊!"

意莲怔怔地站着,听不懂,也搞不清楚,整个人都傻了。

宴会后的第三天,是醉马画会聚会的日子。芊芊没有出现,她家的管家永贵,送了一封信过来。信封上写的是:"醉马画会全体会员收"。大家面面相觑,不知道发生了什么事,子璇急忙抽出信笺来,朗诵给大家听:

"子璇、舒奇、致文、秀山、叶鸣、子默、若鸿,你们好!当你们收到这封信时,我已经离开杭州,去上海了。我将在我爹的公司里,学习有关航运的事情,暂时不会回杭州了。你们一定不能理解我为什么会突然不告而别,我一时也很难跟大家说清楚我的原因。总之,太复杂了,剪不断,理还乱!"

大家都一脸困惑,一脸沉重。子默皱紧了眉头,若鸿死死咬着自己的嘴唇。子璇看了看大家,又继续念:

"仔细思量,愁肠百结。只好抛下一切,离开一阵。也许一段时日后,再面对各位,已是云淡风轻,了无挂碍……我亲爱的好朋友们!我在这里诚心祝福你们在人生的旅途上,都可以追寻到你们所要追寻的!芊芊,五月十日于灯下。"

大家你看我,我看你,全都迷糊了。只有若鸿,眼光落在窗外遥远的地方,内心思潮澎湃,激动而怆恻。子默脸色发青,眼神阴郁。

"怎么会这样?"他大惑不解地问,"什么剪不断,理还乱?什么云淡风轻,了无挂碍?简直像打哑谜嘛!"他抢过信来,"让我再看一遍!"

"子默,"陆秀山说,"是不是你那晚送芊芊回家,让她爹娘有了某种看法……"

"对了!"叶鸣接口,"她那个家庭,肯定对搞艺术的人有成见,所以,就把芊芊押到上海去了。"

叶鸣这样一说,大家都认同了。立刻,大家讨论着各种可能性,也分析着各种可能性,都猜测芊芊是"被迫"走的。子默把信来来回回看了五六次,脸色一次比一次凝重。最后,他长叹了一声,说:

"她这封信,短短数字,欲语还休!她不是被迫走的,她是自愿放逐的！也许，我认识芊芊还不够深，我不曾深刻地了解她，不曾进入她内心深处……也许，她要给自己一段思考的时间……这表示她并没有完全接受我！否则，她至少可以给我一封私人的信，写得清楚一点！"

"哥，不要泄气！"子璇热烈地说，"芊芊或者是被我吓住了，对婚姻大事，有些迷惑。家庭的阻力一定也同时存在，她毕竟只有十九岁，穷于应付，就暂时一走了之。好在，上海又不远，坐它一夜火车就到了。看你艺专教的课能不能找人代教，或者，等放暑假之后，你可以去上海找她呀！至于目前，你只好多写写信，发动情书攻势，我相信，真情可动天地！芊芊，她想明白了，就会回来的！"

"是啊！"钟舒奇拍拍子默的肩，"我从没有看到你被任何事情难倒，这件事你一定会成功的！"

"何况，"沈致文说，"还有我们这么多的好友，在支持你！"

梅若鸿不言不语，仍然注视着窗外的云烟深处。那云烟深处，是茫茫的水，茫茫的天。

一连好些日子，梅若鸿神思恍惚。他不眠不休地画着画，背着画架跑遍了整个西湖区。每夜每夜，他不能睡，点着灯，他从黑夜画到天明。几日下来，他已经把自己弄得满面于思，形容憔悴。

这夜，他筋疲力尽，趴卧在床上，他一点力气都没有了，闭上眼睛，他昏昏沉沉地睡去了。

睡梦中,他觉得有一双女性的手,缠绕着自己的脖子,有两片女性的嘴唇,温润地轻触着自己的额。他一惊,醒了,转过身子,他看到子璇笑吟吟的、情思缠绵的脸。

"怎么把自己弄成这副样子?"她温柔地问,怜惜地用手揉揉他凌乱的头发,"我把你散了一地的画,都收拾好了!你需要这样没命地画吗?你知道吗?你把自己都画老了!"

"别理我!"若鸿有气无力地说,"让我自生自灭吧!"

"怎么了?在生气啊?"

"嗯。"

"跟谁生气啊?"

"跟我自己生气!"他转开头去,"我这个人,莫名其妙、糊里糊涂、自命潇洒、用情不专、一无是处,简直是个千年祸害,我烦死我自己了!"

"嗬!"她笑了,"你还真会用成语啊,四个字四个字接得挺溜的!"她低头凝视他,长睫毛扇啊扇的,一对妩媚的眸子里,盛满了醉人的、醇酒般的温柔:"你也知道你是个千年祸害呀?被你祸害的人还不少呢,是不是呀?"

"我……"他愣着。

"你到杭州来之前,祸害了谁,我管不着,到杭州之后,你一直在祸害我……"

"子璇!"他惊叫,从床上坐起身子,真的醒了。

"把你吓住了?"她笑着问,"别紧张,跟你开玩笑的!离婚是我自己的事,我早就要离婚了!我绝不会把离婚的责任归给任何人!"她眼波流转,风情万种:"我知道,没有一个女人能留住你,也没有一个女人能拴住你。你这样自由自在,无拘无束,正是我向往的境界呀!现在的我,好不容易解脱了、自由了,这种感觉太好了!我这才深深体会出你的境界!哦,若鸿,让两个崇尚自由的灵魂,一起飞翔吧,好不好?好不好?"她俯下头去,将嘴唇贴在他额上,再贴在他眉尖,再贴在他眼皮上,再贴在脸颊上,再贴在他鼻尖……她的呼吸热热地吹在他脸上,她那女性的、温软的胴体,贴着他的肌肤。那强大的诱惑力,使他全身发热,每根神经,都紧绷起来。

"不!不!"他挣扎着,"子璇,躲开我,躲开我……"

"我不要躲开你,我这么喜欢你,怎能躲开你呢?你早就知道,我对你用情已深了。如今再无顾忌,我已经没有丈夫了。让我们大胆地、尽情地去爱吧!让我们享受青春,尽情地活吧!"她继续吻他,面颊、耳垂、颈项……

"不要!子璇,"他情怀激荡,不能自已,"我只是个平凡的男人,现在的我,寂寞而又脆弱,寒冷而又孤独,你带着这么强大的热力卷过来,我……实在无法抗拒呀……"

"那么,就不要抗拒,只要接受!"

她说着,嘴唇已贴住了他的唇,像是一把熊熊的火,突然从他体内燃烧起来,迅速地蔓延到他的四肢百骸。他觉得自己已变成一团火球,再也没有思想的余地。他的双手,他的双脚,全成为火舌,无法控制,就这样把她盘卷吞噬了起来。

他们相拥着,滚进了床内。

第八章

六月,天气骤然地热了。芊芊离开杭州,已经足足一个月了。

一清早,若鸿就背着画架,上了玉皇山。一整天,他晒着大太阳,挥汗如雨地画着画。画得不顺手,就去爬山。爬到玉皇山的山顶,他眺望西湖,心中忽然涌上一阵强大的哀愁和强大的犯罪感。

"梅若鸿!"他对自己说,"你到底在做些什么?既不能忘情于芊芊,又不能绝情于子璇,还有前世的债未了,今生的债未还,梅若鸿,你不如掉到西湖里去淹死算了!要不然,从山顶上摔下去摔死也可以!"

他没有掉进西湖,也没有摔下山去,更没有画好一张画。黄昏时分,他下了山,带着一身的疲惫与颓唐,他推开水云间虚掩的房门,垂头丧气地走了进去。立刻,他大大一震,手中的画板画纸,全掉到地上去了。

窗边，芊芊正亭亭玉立地站在那儿，披着一肩长发，穿着件紫色碎花的薄纱衣裙。一对盈盈然的眸子，炯炯发光地看着若鸿，嘴里透着一股坚决的意志。

"芊芊！"他不能呼吸了，不能喘气了，"怎么是你？你从上海回来了！我……简直不能相信啊！"

"是的，我来了！"芊芊直视着他，"我从上海回家，只休息了几分钟，就直奔水云间而来！你的房门开着，我就站在这儿等你，已经等了好一会儿了！"

"我不明白，我不懂……"他困惑地、惊喜交集，语无伦次，"你不生我的气？你还肯走进水云间……"

"我曾经发过誓，我再也不要走进水云间！"她打断了他，接口说，"但是，我又来了！因为，这一个多月以来，我在上海，不论是在街上、办公厅、外滩、桥上，或是灯红酒绿的宴会里，我日日夜夜，想的就是你！我思前想后，把我们从认识，到吵架，细细想过，越想我就越明白了！我不能逃，逃到上海有什么用？假若我身上、心上，都刻着梅花的烙印，那么，我怎样也逃不开那'梅字记号'了！"

"梅花的烙印？"他怔忡地、迷惑地问。

"是啊！我们都听过'梅花烙'那个故事，以前的那个格格，身上有梅花的烙印，那是她的母亲为她烙上去的，为了这个烙印，她付出了终身的幸福！而我的烙印，是我自己烙上去的，为了这个烙印，我也愿意付出我的终身幸福！"

"烙印？"他呆呆地重复着这两个字，"烙印？"

"每次看你为子璇作画，我充满了羡慕，充满了嫉妒！现在，我来了！我不想让子璇专美于前，所以……"

她停止了叙述，盈盈而立。蓦然间，她用双手握着衣襟，将整件上衣一敞而开，用极其坚定、清脆的声音说：

"画我！"

若鸿震动地看过去，只见她肌肤胜雪，光滑细嫩。她上身还穿着件低胸内衣，在裸露的，左边胸部，竟赫然有一朵娇艳欲滴的红色梅花！

"芊芊，这是什么？"他吓住了，太震惊了，"谁在你胸口画的一朵红梅？"

"你看清楚！"她向他逼近了两步，那朵红梅离他只有几寸距离了，"这不是画上去的！这是上海一位著名的文身艺术家，为我刺上去的！"

"什么？"他哑声喊，瞪着那朵红梅，这才发现，那红梅确实是一针针刺出来的，刺在她那白白嫩嫩的肌肤上，触目惊心，"你……"他感到一阵天旋地转，头都晕了，眼睛都花了，"你居然敢这样做！你……你……"

"梅若鸿，"她一字字地念，语声铿然，"梅是你的姓，鸿与红同音，暗嵌你的名字。我刻了你的姓名，在我的心口上，终生都洗不掉了！我要带着你的印记，一生一世！"她深吸了口气："现在，你还要赶我走吗？你还要命令我离开你吗？你还要把我推给子默吗？"

他瞪视着她，简直不知道自己还能说什么，还能做什么。他一动也不动地站着，一瞬也不瞬地看着她，似乎过了几世纪那么长久，他才听到自己的声音，从内心深处"绞"了出来：

"芊芊！你这么勇敢，用这么强烈震撼的方式，来向我宣誓你的爱，相形之下，我是多么渺小、畏缩和寒碜！如果我再要逃避，我还算人吗？芊芊，我不逃了！就算带给你的，可能是灾难和不幸，我也必须诚实地面对我自己和你——芊芊，我早已爱你千千万万年了！我愿意为你死！什么都不重要了，我愿意为你死去！"

"我不要你死去，只要你爱我！"她喊着，带着那朵红梅，投进了他的怀里。

他紧紧地、紧紧地、紧紧地拥着她。泪水，竟夺眶而出了。这是他成长以后，十年以来，第一次掉眼泪。

子璇在三天以后，才发现芊芊回来了。

是若鸿亲口告诉她的，在水云间外，西湖之畔，他们站在湖边。他以一种坚决的、诚挚的、不顾一切的神情，述说了他和芊芊的故事，述说了芊芊的归来，述说了芊芊的那朵红梅。子璇倾听着，眼珠漆黑迷蒙，脸色苍白如纸。她不愿相信这个，她不能相信这个，她不敢相信这个，她也不肯相信这个……但她在若鸿那样认真的陈述中，知道一切都是真的，一切都假不了！

"你拒绝了芊芊，然后芊芊去和我哥谈了一场假恋爱，然后你再和我好，用我填充芊芊留下的空白，是这样吗？"她尖刻地问，"是这样吗？"

"不！你不可以这样说！"他歉疚地、痛楚地说，"一切发展，都不在我们预料之中，就是这样发生了！子璇，我好抱歉……"

"别说抱歉！"她大声地打断他，激动得无法自持，"你们玩弄了我的感情，也就算了，反正汪子璇犯贱，自作孽，不可活！但是，为什么去欺骗我哥？你难道不明白，他是认死扣的，你们会要了他的命的！"她愤愤地一跺脚，耻辱的泪，就不争气地冲进眼眶中："梅若鸿，你是怎样一种魔鬼，你亲口说你不会追芊芊，你把我们兄妹全引入歧途……现在，你就这样轻松地来对我'告白'，你一点都不怕伤害我？"

他扯头发，敲脑袋，慌乱得手足失措。

"我怕。我怕极了！"他坦率地说，"我怕伤害你，也怕伤害子默，但是，我已别无选择！逼到最后，我只能'忠于自己的感情'了！"

"好一句'忠于自己的感情'！"她咬咬牙，从齿缝中迸出了这句，她的眼光死死地盯着他，"现在你会说这句话，一开始的时候，你为什么要逃避？为什么把她推给子默？"

"因为我怕伤害芊芊呀！"他叫着说，"她那样完美、那样高贵……而我是这样放荡不羁、家无恒产，我又……我又……"他欲言又止，猛敲着自己的脑袋："我怕带给她灾难和不幸呀！"

"你现在就不怕带给她灾难和不幸了？"

"我还是怕！"他诚实地说，"但是，爱和怕比起来，爱比怕多，我愿意去试，去试着给她幸福……"

"好！很好！"她点点头，"芊芊纯洁，芊芊高贵，芊芊完美，芊芊还刻了你的印记出现……其他人，全黯淡无光了！"她瞪着他，像瞪着一个来自外太空的怪物："你怕这个，你怕那个，忽然间，你又不怕这个，你又不怕那个……怎样解释对你有利，你就怎样解释！脸不红，气不喘！你是个怪物！你说得没错，你就是个千年祸害！是个自私、虚伪、没有责任感的千年祸害！"

喊完，她掉转头就飞奔着跑出那篱笆院。若鸿仍呆呆地站着，被她这几句"一针见血"的"指责"，刺得体无完肤，无法动弹了。

子璇一路哭着奔进了烟雨楼。她不想哭的，但是，她太激动了，太伤心了，太悲愤了，太羞辱了……她实在无法掩饰自己的情绪。这样一哭进烟雨楼，"一奇三怪"全吓傻了，奔过来围绕着她，东问西问。子默也被惊动了，跑到回廊里来抓住她：

"你怎么了？发生了什么事？"他急切地问。

"哥哥！"她痛喊出声了，"芊芊回来了！你还一点都不知道吗？她在她胸口的肌肤上，刺了一朵红梅回来！听清楚，是用针一针针刺出来的红梅花！你知道红梅的意义吗？红若梅，梅若鸿呀！"

子默震惊地瞪着子璇，脸色立刻变得惨白，但他还没听懂，没弄明白。钟舒奇已摇着子璇说：

"你亲眼看到的吗？你怎么知道？"

"梅若鸿告诉我的！他亲口对我说的！他说芊芊用这么强烈巨大的震撼来震醒他，所以，他醒了，他和芊芊相爱了，他们什么都不顾了！哥，你懂了吗？别再做傻瓜了！别再做梦了！"

说完，她甩开众人，奔进屋里去了。

子默站在那儿，脸色白得吓人。

"我不相信……"他喃喃地说，"我要去问芊芊，除非我亲眼看见，亲耳听见，我不能相信……"

子默立刻去了杜家，正好杜世全不在家，他顺利地约出了芊芊。驾着马车，他把车子直驰往郊区的一个树林里，一路上什么话都不说。芊芊一看他的脸色，就知道是怎么回事了，心中七上八下，什么话都不敢说。

到了树林里，子默停住马车。四野寂无人影，只有蝉声，此起彼落地在树梢喧嚣着。

"好了！"子默阴沉地、冷冷地说，"你可以告诉我了，这一切到底是怎么回事？"

芊芊无助地、哀恳地看着子默，眼中盛满了歉疚和祈谅，她的声音低低地、害怕地：

"对不起，请你原谅我！我去上海……因为我不能再骗你，也不能再骗自己了……"

"我不懂！"他瞅着她，越看就越激动，越看就越悲愤，"你说的什么鬼话，我一个字都听不懂！"他伸出手去，一把扯住了她的衣襟："你给我看看，你让我见识见识，什么刺青，什么红梅……也许看到了，我就明白了……"说着，他用力一扯，唰的一声，她左襟的衣服被扯开了。芊芊慌忙用双手护着胸口，哭着喊：

"子默！你怎么可以这样……"

"让我看呀！"子默的脸色，由苍白而涨红，目眦尽裂。他伸出手去拉她遮在胸前的手："我要看看你到底有多么强烈的感情，有多么深刻的爱！让我看啊，你怕什么？你一针一针刺在身上，不就是要向世人宣告你伟大的爱情吗？你又何必再遮遮掩掩呢……"

"好！"芊芊挣扎不开，就豁出去了，"你要看，就给你看！"她拉开衣襟，露出了红梅。

子默瞪着那雪白肌肤上殷红如血的梅花。像一个焦雷在他眼前蓦地炸开，炸得他四分五裂了。

"果然是一朵红梅！"他讷讷地说，"怎会有个女子，愿在自己身上，刺一朵红梅……"他不相信地抬眼看她的脸："原来，你爱他有这么深，这么深了……"

"子默，"她流着泪，哀恳地瞅着他，"对不起，真的对不起。我知道你对我用情已深，我几次三番要对你说明实情，却话到嘴边又说不出口。但是，我现在想清楚了，我再不悬崖勒马不行了！趁着大家还没掉到谷底以前，赶快把真相告诉你……这样，总比大家都摔得粉身碎骨，来得轻微多了，是不是？"

子默掉开眼光，不再看芊芊，而看着茂林深处，眼中，透着一股冷幽幽的寒气。尽管是六月天，芊芊却被这样的眼光，弄得全身冰冷，寒气透骨。

"你认为我还在崖上吗？"他冷幽幽地说，"你认为只要你'勒马',就没有人摔跤了吗?太晚了!来不及了!我早就跌落谷底,已经粉身碎骨了!"

"来得及来得及!"芊芊哭着说,"请你原谅我!"

"原谅你?我永远也不会原谅你!就和我永远也不会原谅梅若鸿一样!"他抬头看天,轻声念了两句诗,"我本将心比明月,奈何明月照沟渠!"他跳上驾驶座,重重地一拉马缰:"走吧!我送你回家,这是我最后一次,送你回家了!"

马蹄响起,马车向前滚滚而行。芊芊握着胸前的衣襟,真是愁肠百结,不知该如何自处了。

第九章

"红梅"的事件,并没有到此结束。

几天后的一个晚上,杜世全带着他的三姨太素卿去赴宴会,酒席未终了,他就气冲冲地回家了。

客厅里,小葳正缠着丫头春兰在下象棋,意莲在一旁观看。杜世全寒着脸,撞开门长驱直入。意莲被他的神色吓住了,跳起身子问:

"怎么了?你怎么提早回来了?"

"芊芊呢?"杜世全在叫着,"芊芊在哪儿?"

"在……在……"意莲吓得话都说不清楚了,"在她房间里呀!"

"好,很好!"

杜世全跨着好大的步子,乒乒乓乓地冲上楼去。意莲跟在后面追上去。素卿扭着身子,姗姗然地,从容不迫地走在最后,脸上带着个"看好戏"的神情。小葳、福嫂和丫头们,都面面相觑,不知道发生了什么大事。

芊芊正在房里,拿着那个梅花簪想心事。

房门砰然一声,被撞开了。杜世全冲了进去,啪的一声,就把一卷报纸,摔在芊芊脸上,嘴里恨恨地、愤怒地大声嚷着:

"你做的好事!我杜世全半生辛劳、一世英名,就这样叫你这个好女儿,一夕之间给毁了!你还要不要我出去做人?要不要我去和人家平起平坐谈生意?人家一句:你女儿真是一代奇女子啊!女中豪杰啊!新时代的新女性啊!就可以把我击倒了!你知不知道啊?"

芊芊急忙抓起那张报纸,一看,是一份文艺报,上面有个"艺文轶事"的专栏,用好大的标题,印着:

"千金之女为爱文身,红梅一朵刻骨铭心"

她大吃一惊,心慌意乱地去看那内容,报上竟把杜世全的名字、杜芊芊的名字、醉马画会和梅若鸿的名字,全登了出来。以"艺坛佳话"的口吻,略带讽刺地写"今日的新女性,标新立异已不稀奇,自由恋爱也不稀奇,一定要做一些惊世骇俗的事,才能证明自己的与众不同"。芊芊看着,不禁倒抽了一口冷气。意莲抢过报纸去看,不相信地、害怕地问:

"什么叫文身?什么叫红梅?"

"什么叫文身?什么叫红梅?我也不知道啊!"杜世全大吼着,"让你的女儿来说啊!"他一把抓起芊芊,疯狂般地摇撼着她:"文身!我只有在洋鬼子水手身上,才看到那个东西!你去一趟上海,什么正经事都没学到,难道你竟然学会了文身？我不相信你堕落到这个地步了！你给我看，红梅在哪儿？在哪儿？"

芊芊被他摇得头昏脑涨。意莲急切地去抓杜世全的手：

"世全，你冷静一点，你听芊芊说呀！"她又去抓芊芊的手，"芊芊，快告诉你爹，这都是那些小报胡诌出来的，你绝不会去文身的，是不是？芊芊，快告诉你爹！你说呀！说呀！"

芊芊奋力挣脱了父母的手，她倒退了一步，抬着头，昂着下巴，她以一种无畏无惧的神情，一种不顾一切的坚决，勇敢地说：

"对！我已经在胸前刺上了梅若鸿的图腾，以表示我永无二心的坚贞！"

说着，她解开上衣，露出了那朵红梅。

"天啊！"意莲快要晕倒了，她脚步不稳地冲上前去，拉着芊芊的手，就想往浴室去，"赶快去洗掉它！"

"洗不掉了！"芊芊又往后一退，"它一针一针刺在我的皮肤里，终生都洗不掉了！"

杜世全瞪视着那朵红梅，气得快要发疯了。他一步一步走向芊芊，停在芊芊面前，他抬起眼睛，把视线从红梅上移到芊芊脸上。他不敢相信地看着芊芊，这个他深引以为傲的、才貌双全的女儿。他看了她好半晌，然后，他举起手来，狠狠地给了她一个耳光。

"我杜世全怎会有你这样一个胆大妄为、不顾廉耻的女儿！你以为这是新潮浪漫、美艳绝伦的事吗？这只是下流无耻、幼稚透顶的行为！你气死我了，你真的气死我了……"

他举起手来,又给了她一耳光。这一动手,就控制不住了,他劈头盖脸地对她打了过去:"我真想打死你,打死你……"

"不要不要!"意莲痛哭起来了,一面哭着,一面去抱住杜世全的手,"我给她洗掉!我用刷子刷,用药草泡,用皂荚来刮……"

"你这个笨女人!"杜世全把意莲重重一推,"什么叫刺青,你不懂吗?古代只有犯重罪的人,才刺上这个,因为终生都洗不掉!"他指着芊芊:"她却把这罪恶的标记,刺在自己身上!"他再指着意莲:"你是怎样的母亲!你从不管教她,从不教育她吗?"

"爹!"芊芊喊,"这是我自己的事,跟娘无关,你打死我好了,不要迁怒于娘!"

"什么叫你自己的事?"杜世全一直问到她脸上去,"整个杭州市都当是我杜世全的事来讨论!你生为杜家人,你就得背负杜家给你的一切,这比'刺青'还牢固,因为它是你生命的一部分,你摆脱不掉,也挣扎不开,你懂不懂?好!"他大大喘口气,坚决地说:"不管红梅洗得掉还是洗不掉,不管你是刺了一朵红梅,还是几百朵红梅,你从今以后,不许和醉马画会任何一个人来往,不许和梅若鸿再见面!"他一拉意莲:"你给我出来,让她一个人关在这房里闭门思过!"

"爹!"芊芊凄声一喊,再怎么倔强,此时全化为恐慌,她双腿一软,就对杜世全跪了下去,"爹!你原谅我!我实在爱梅若鸿爱得太苦太苦了,我逃到上海,也逃不掉这份刻骨的思念,爱得没有办法,才会去刺红梅!爹,请你看在我这份痴情上，成全我们吧……"

"成全！"杜世全嘶吼着，"你还有脸跟我说成全？我永远不会成全你们！永远永远不会，而且，我会要梅若鸿为这件事付出代价，你等着瞧吧！"

吼完，他拖着意莲，把意莲硬给拖出了房外。门口，看热闹的小葳、福嫂、卿姨娘、丫头仆佣，全部后退。杜世全砰地关上了门，扬着声音喊：

"永贵！大顺！阿福……给我拿铁闩来！"

当晚，他在门上加了三道铁闩，重重闩住。再用三把大锁，牢牢锁住，把钥匙放在自己身上。意莲哭叫着说：

"你要饿死她吗？你要置她于死地吗？"

"把食物从门缝里塞进去！"杜世全说，"她死不了！就算她会死，也让她死在家里，免得死到外面去丢人现眼！"

芊芊就这样被囚禁了。

若鸿知道芊芊被囚禁，是福嫂来报信的。福嫂是给芊芊送食物时，被芊芊在门缝中低声恳求，给求得动了心。匆匆赶到水云间，她慌慌张张地说了几句话，就转身跑掉了。她说：

"小姐要你保持冷静，不要采取任何行动，因为老爷在气头上，什么事都做得出来！她要你这几天小心一点，最好住到朋友家去避避风头！小姐暂时不能来看你了，要我告诉你一声，让你知道原因，免得胡思乱想！她还说，她会想办法的，要你千万忍耐！"

福嫂走了。若鸿呆呆站着，他怎能忍耐呢？着急、担心、怜惜、无助……各种情绪，把他紧紧包裹着，他所有的思想和意志，都只有一句话：要救芊芊！但是，怎么救呢？杜世全家门户森严，自己要进那扇大门，恐怕都不容易，就算进去了，又能怎样？他想不清楚了，也没时间多想了，他骑上了脚踏车，奋力地踏着，直奔烟雨楼。

"子默！"他站在画室里，面对所有画会的老友们，着急地大喊着，"我知道我现在没什么脸面站在这儿求救！我知道大家对我已经有了成见……但是，我走投无路了！芊芊给她的爹关起来了！我求求大家，拿出我们的团队精神，看在芊芊曾经是我们大家的朋友分上，一齐去杜家，说不定可以救出芊芊来！"

子默、子璇和那"一奇三怪"，全体面面相觑，没有一个人说话，空气僵硬。子默、子璇的脸色尤其难看。

"我现在整个人心慌意乱，六神无主了！"若鸿强捺住自尊，低声下气地说，"子默，芊芊的爹一直很敬重你，上次才肯打电话给警察厅厅长，救我们出狱！假若我们全体去一趟，他或者会把我们看成一股力量……"

子默的脸色铁青，眼镜片后面，透出幽冷的寒光。

"太可笑了！"他瞅着若鸿，"太荒谬了！你居然还敢走进烟雨楼，要我去帮你追芊芊，你欺人太甚了！"

"是是，我可笑，我荒谬，可是我已经无计可施了！他们把芊芊关在房里，锁了三道大锁，她在受苦呀！"

"她受什么苦？"子璇尖锐地插嘴，"她在她父母保护底下，会受什么苦？她所有的苦难就是你！"

"对对对！是我是我！可是已经弄成现在这样子了，追究责任也来不及了！我现在到烟雨楼来求救，已经是病急乱投医了，难道你们不再是我的朋友了吗？"

"朋友？简直笑话！"子默一拂袖子，愤然抬头，怒瞪着若鸿，"你早已把我们的友谊，剁成粉，烧成灰了！现在，当你需要支持的时候，你居然敢再到烟雨楼来找友谊，你把朋友看成什么？你养的狗吗？呼之即来，挥之即去吗？我告诉你，我们没有人要支持你！"他抬眼看大家："你们有人要支持他吗？有吗？"

"我认为这是你个人的事，一人做事一人当！"陆秀山说。

"对啊！我们总不能打着画会的旗子，杀到杜家去帮你抢人啊！"叶鸣接口。

"就算我们愿意帮你去抢亲，也师出无名啊！"沈致文说。

"就算师出有名，我们也没那种本领功夫啊！"陆秀山再接口。

"我懂了！我懂了！"若鸿喟然长叹，踉跄后退，"我和芊芊，已经触犯天条，罪不可赦了，你们每个人都给我们定了罪，没有人再会原谅我们了！罢了罢了，我不必站在这儿，向你们乞讨帮助，我一人做事一人当，我去杜家面对自己的问题！"

他转过身子，大踏步冲出烟雨楼。

"等一等！"身后有人喊，他一回头，是钟舒奇。

"虽然我不善言辞，自知没什么分量，但是，我可以陪你去一趟杜家！"

第十章

当杜世全听永贵通报说，梅若鸿和钟舒奇在门外求见时，他真是又惊又怒又恨。他从椅子里一跃而起，往庭院里走去，一面对永贵气冲冲地说：

"他居然还敢上门？好！把他们带过来，我在院子里见他们！你叫阿福、大顺、老朱、小方……他们带着人，全体给我在旁边侍候着！我正要去找这个梅若鸿，没料到他自投罗网！好好好，我倒要看看，他是怎样一个三头六臂的人物！"

"世全！世全！"意莲追在后面哀求，"你跟他好好谈，好不好？让他别再来纠缠芊芊就好了。"

"你给我进屋里去！不要你管！"杜世全吼着。但意莲怎肯进屋里去。这个让她女儿魂牵梦萦、刻骨铭心的男人来了，她也想见一见呀！

若鸿和舒奇被带进大门，走过了柳荫夹道的车道，来到屋前那繁花似锦的庭院里。杜世全站在院中，怒目而视，非常威严，非常冷峻。好多家丁围绕在侧，人人严阵以待。整个庭院中，有股"山雨欲来"的肃杀之气。

"我是梅若鸿，"若鸿对杜世全深深鞠了一躬，"这是我的朋友钟舒奇。我想，您就是杜伯父了！"

"不错！"杜世全愤愤地说，"我就是杜世全！"他上上下下打量这个"梅若鸿"。只见他满头蓬松的头发，一对深黝的眼睛，晒得黑黑的皮肤，穿着件西式衬衫，竟然第一个扣子都不扣，下面是条咸菜干一样的裤子，还穿了件不伦不类的毛背心。这样的不修边幅，桀骜不驯，杜世全看了，就气不打一处来！就凭这样一副落拓相，居然勾引芊芊做出那么荒诞的行径来，简直可恨极了。"你来我家，想要做什么？"他大声喝道。

"杜伯父，请你让我见芊芊一面！"若鸿急切地说，"我和芊芊，情投意合，缘定三生。我们相知相爱，已经难舍难分，请您成全我们！"

"嘀！"杜世全越听越气，脸都涨红了，"你还有脸在这儿高谈情投意合，缘定三生？谁和你缘定三生？既无父母之命，又无媒妁之言，你勾引良家女子，做出违经叛道的事来，让我恨之入骨！你现在还敢在这儿大言不惭，你简直是个不知羞耻的魔鬼！来人啊！"他大叫："把他抓住，给我打！"

众家丁一拥而上，七手八脚地抓住了若鸿，迅速地反剪了他的双手。

钟舒奇急忙拦上前去，嚷着说：

"大家有话好说，不要动粗呀！伯父，好歹我们都是知识分子，君子动口不动手！"

"君子！"杜世全怒吼着，"和你们这种人，谈什么君子！"他指着若鸿的鼻子："你今天想好好地走出这个门，你就给我发下毒誓，从今以后不来纠缠芊芊！"

"我不是纠缠芊芊，我是爱芊芊呀！"若鸿也脸红脖子粗地叫了起来，奋力挣扎着，"你不让我见到芊芊，我根本就不会走！别说还要让我发誓了！你今天就是打死我！我也不走！"

"是吗？"杜世全大喝，"大顺，你们还等什么？给我打！给我狠狠地打！"

大顺一拳就挥过去，重重地打在若鸿的肚子上，又一拳挥向他的下巴，再一拳捶在他胸口。钟舒奇大叫着，伸出双手去挡：

"伯父！若鸿来这儿，原是一番美意……"

他的话还没喊完，已被好几双手，给推翻于地。众家丁围着若鸿，顿时间，拳打脚踢，打得若鸿跌跌撞撞，好生狼狈。若鸿被这样一阵打，整个人都陷入一种歇斯底里的状态，他放开喉咙，大声地狂喊起来：

"芊芊！你在哪儿？芊芊！我来看你了！芊芊！你出来！你快出来呀！芊芊！芊芊……"

杜世全气得快要晕了，更大声地嚷着：

"打！打！打！狠狠地打！打到他闭口为止！阿福、小方，你们打呀！重重地打呀！"

更多的拳头，像雨点般落在若鸿头上身上，打得他头昏

眼花,七荤八素。意莲扑向杜世全,大喊着:

"你疯了吗?打出人命来怎么办?快住手呀!快叫他们住手呀!"

素卿、小崴、福嫂和丫鬟们都跑出来看热闹。一时间,院子里大的吼小的叫,又打又闹,乱成一团。在这团混乱中,若鸿依旧倔强地、嘶哑地声声吼叫:

"芊芊……芊芊……你在哪里?芊芊……"

在楼上卧室里的芊芊,被这惨烈的呼叫声惊动了。是若鸿的声音,他来看她了!她扑向房门,捶打着门,用力拉着门把,狂喊着:

"放我出去!爹!娘!福嫂!小崴!放我出去!放我出去!"她拼命地拉门打门,那门却纹丝不动。芊芊急得泪流满面了:"天啊!谁来救救我!谁来救救我呀!"

整栋屋子里的人,都在庭院里,根本没有人听到芊芊的呼叫声。院子里,传来了若鸿更加凄厉的嘶喊:

"杜伯父,你打不走我!今天就算你把我打死了,变鬼变魂,我还是要找芊芊!芊芊!芊芊啊……哎哟……"

芊芊快要急疯了,她和身扑在门上,用力撞门,一下一下,撞得浑身疼痛,那门仍然开不开。她哭着,转身一看,只有一扇门通向阳台,她就撞开了阳台的门,奔上了阳台。她扑在阳台上对下面一看,只见永贵、大顺等十几个家丁,正在痛殴若鸿。这一看,她惊得魂飞魄散,匍匐在栏杆上,她对若鸿没命地大喊:

"若鸿!我在这儿!若鸿!若鸿!"

若鸿抬头见芊芊,就更大声地狂叫:

"芊芊!我告诉你!我不会屈服的,没有任何力量可以把我们分开……"

杜世全见芊芊现身,又见两人隔空呼叫,一股"生死相随"的样子,更是火冒三丈。他回头对永贵大叫:

"去给我拿根大棍子来!快!"

"爹!爹!"芊芊哭着在阳台上奔来奔去,苦无下楼之策,喊得凄惨已极,"爹!你不要打他!你这样做,我会恨你一辈子!爹!"她见喊不动世全,又哭着大喊:"娘!娘!娘!救救我们吧!"

"世全!"意莲几次三番冲上来,又几次三番被世全推了开去,"你就放了他吧!我求求你呀!"

永贵已拿了一根大棍子来。钟舒奇见情况恶劣已极,大喊着:

"若鸿!好汉不吃眼前亏!你住口吧!留得青山在,不怕没柴烧呀!"

杜世全夺过木棍,气势汹汹地走向若鸿:

"你说!你还要不要纠缠芊芊……"

"我就是要纠缠芊芊,我缠她一辈子,爱她一辈子,你就是拿一百根、一千根木棍来,也打不走我!"

"你狠!你有种!你会撒赖,你会撒泼……"杜世全重重地喘着气,"你是画画的,你勾引我的女儿,好,好,好。"他厉声地:"你用哪一只手画画?右手是吗?"他大声命令,"大顺、小方,你们把他拖到假山那儿,把他的右手,给我平

87

放在石头上面!"

大顺等听命而为,把若鸿拖到大石头前,抓住他的右手,按在石头上。杜世全对着那只手,举起了大木棍:

"我今天就废掉你这只右手,看你嘴还硬不硬?看你还能不能打着艺术的旗帜,到处诱拐良家妇女!"

若鸿这才明白杜世全要毁他的手,急切挣扎,死力地要把手缩回去。

"你敢毁了我画画的手?你敢?你敢!"

"你看我敢不敢?你看我敢不敢……"

满院子的人都惊叫着,意莲叫"世全",小葳叫"爹",用人们叫"老爷",钟舒奇叫"伯父",素卿尖叫"老天爷"……庭院里一片惨叫声。

木棒正要挥下,阳台上,传来芊芊凄厉无比的呼号:

"爹!你废了我的手吧!我来代他!我下来了!若鸿!我下来了……"

她说着,已忘形地爬上栏杆,纵身飞跃而下。

小葳第一个看见,尖声狂叫:

"姊姊……姊姊跳下来了……姊姊呀……"

若鸿抬头一看,芊芊正飞快地坠下楼来。

"芊芊啊……"他惨烈地大喊,挣脱众人,奔过去。

杜世全回头一看,吓得丢掉了棍子,狂奔过去,伸出手来想接住芊芊。

世全哪里接得住,芊芊已砰然一声,跌落在石板地上。满院一片惨叫,全体奔了过来。

芊芊躺在地上，整个人都已晕死过去。额头贴着石板，血慢慢地沁了出来，染红了石板。

若鸿扑跪在芊芊面前，伸出手去，他把她抱了起来，紧拥在怀里。他的脸色和芊芊的脸色一样白，他用自己的下巴，紧偎着她那黑发的头颅，嘴里，乱七八糟地说着：

"我不会让你一个人走的，你死了，我跟着你去……我一定跟着你去……你不要怕，有我呢！有我呢……"

杜世全怔在那儿，在这么巨大的惊恐下，已完全失去了应付的能力。

意莲双腿一软，晕倒在福嫂的怀里。

芊芊被送进了慈爱医院，那儿有最好的西医。

芊芊并没有死，但是，伤痕累累。额头破了，右腿挫伤，膝盖擦伤，到处有小伤口，到处瘀血。最严重的是左手，手腕骨断了。医生给她立刻动了手术，接好了骨头，上了石膏。那时，上石膏还是最新的医治方式。足足经过四小时的手术，芊芊才被推入病房。她看起来实在凄惨，额上包着绷带，手腕上上着沉甸甸的石膏，浑身上下，到处裹着纱布。她整个人缩在白被单里，似乎不胜寒瑟。

到了病房，她就清醒过来了。她一直睁大眼睛，去看若鸿，惊恐地问：

"你，你的手，你的手……"

若鸿急忙把两只手都伸在芊芊眼前，拼命张合着手指给她看，嘴里恳挚地说着：

"一根手指头都没少！芊芊，你用你的生命，挽救了我这只手。从此以后，这只手是你的，这只手的主人，也是你的！我在你父母面前，郑重发誓，从此，我这个人，完完全全都是你的！你要我怎样，我就怎样……"

她瞅着他，紧紧地瞅着他，仔细研究着他的脸：

"你的眼睛肿了，你的嘴角破了，你的脸瘀血了，你的下巴青了，你的眉毛也破了……你的胸口怎样？肚子怎样？我看到大顺……一直打你肚子……"她啜泣着，泪，涌了出来。

"拜托你，求求你！"若鸿也落下泪来了，"请你不要研究我脸上这一点儿伤吧！你躺在这里，上着石膏，绑着绷带，动也不能动，我恨不能以身代你，你还在那儿细数我的伤！你知道吗？我真正的伤口在这儿！"他把手压在心口上，痛楚地凝视着她。

杜世全惊愕地站在一边，注视着这一对恋人，一对都已"遍体鳞伤"的恋人。一对只有彼此，旁若无人的恋人。他简直不知道自己心中是恨是悲？是怨是怒？只觉得鼻子里酸酸的，喉中哽着好大一个硬块，使他一时间，竟说不出话来。意莲拉着他，把他一直拉到了门外，哀恳地说：

"世全，我们认命了吧，好不好？"

"这是'命'吗？"杜世全问，"不是'债'吗？"

"命也罢，债也罢，那是芊芊的命，那是芊芊的债，让她去过她的命，去还她的债吧！你什么都看到了，他们两个，就这样豁出去了！好像除了彼此之外，天地万物都没有了！这样的感情，我们做父母的，就算不了解，但是，也别做孩子的刽子手吧！"

"刽子手!"杜世全大大一震,"你用这么严重的名词……"

"当芊芊跳下楼来的那一刹那,我就是这种感觉,我们不是父母,而是……刽子手!"意莲含泪说。

杜世全注视着意莲,喟然长叹。世间多少痴儿女,可怜天下父母心!他知道他投降了。但是,他必须和这个梅若鸿,彻底谈一谈!

钟舒奇当晚就到了烟雨楼,把若鸿挨打,芊芊坠楼的经过,详详细细地说了。子默和子璇,都震动得无以复加,"三怪"更是啧啧称奇,自责不已。叶鸣跌脚大叹说:

"若鸿来求救的时候,我就有预感会出事,朋友一场,我们为什么不帮忙呢?"

"你有预感,你当时为什么不说!"沈致文对他一凶,"现在放马后炮,有什么用?"

"奇怪,你凶什么凶?"叶鸣吼了回去,"当时,就是你说什么'师出无名',大家才跟着群起而攻之!"

"三怪"就在那儿你一句我一句地对骂起来。子璇坐在那儿,动也不动,眼睛深黝黝地像两泓深不见底的湖水,渐渐地,湖水慢慢涨潮了,快要满盈而出了。钟舒奇心动地看着她,走过去拍拍她的手,柔声说:

"别难过。这一场风暴,已经过去了。若鸿虽然挨了打,芊芊虽然跳了楼,两个人都大难不死,必有后福!而且,杜伯父显然已经心软了,对他们两个这种'拚命的爱',已经准备投降了!"

子璇再震动了一下,陡地一转身子,含泪冲出去了。

　　子默看着子璇的背影,理解地、痛楚地咬了咬嘴唇。他感到内心那隐隐的伤痛,正扩散到自己每个细胞里去。对芊芊,对若鸿,已分辨不出是嫉妒还是同情,是愤怒还是怜悯,只深刻地体会到,自己的痛,和子璇的痛,都不是短时间内,可以烟消云散的了。

第十一章

芊芊在医院里住了一个月。

这一个月中，若鸿有了彻底的改变。在杜世全开出的"条件"和"考验"下，他屈服了，他去"四海航运"公司上班了。杜世全对他说得很明白：

"你爱芊芊，不是一句空口说白话，所有的爱里面，都要有牺牲和奉献，我不要你入赘，不要你改姓。我只希望芊芊未来的日子，过得好一点，希望我庞大的家业，有人继承。所以，你要芊芊，就必须依我一个条件，弃画从商，进入杜家的事业，我要栽培你成为我的左右手！"

若鸿听到"弃画从商"四个字，就吓了好大一跳，本能地就抗拒了：

"那怎么可能？画画是我的生命啊！要我放弃画画，等于要我放弃生命呀！"

"你不是口口声声说，芊芊对你，更胜于你的生命吗？你不是口口声声说,为了争取苇苇,你愿意付出一切代价吗?"

"是啊!不错啊!"若鸿凄然地说,"但是,爱苇苇和爱画画,这两种爱是可以共存的啊!"

"如果不能共存呢?"杜世全尖锐地问,"你要舍苇苇而要画画吗?"

"不!我要定了苇苇!"若鸿深深抽了一口气,以一种"壮士断腕"般的"悲壮",说了出来,"好!我进入杜家的事业,我去上班,我学习经商!但是,下班以后的时间是我自己的!我上班八小时,睡觉六小时,还有十小时画画!如果我能'三者得兼',有苇苇,有上班,有画画,那样,你总不能反对了吧?"

"你试试看吧!"杜世全说,"如果你不全心投入,我怀疑你的能力,是不是能三者得兼!搞不好,你三个都要失去!你试试看吧!"

就这样,若鸿进入了"四海航运",到杭州分公司上班去了。杜世全给了他一个"经理"的称谓,让他先学习航运和贸易的基本事务。事实上,他上班的第一个月,根本不在上班,而在上课。四海的各部门首长,每天捧给他一大堆的汇报,关于船期、货运、转口、管理、经营、谈判……他一生没有进入过这样艰难而复杂的社会,像小学生般弄了一大堆的笔记,仍然是丢三落四,错误百出。难怪,苇苇手腕上的石膏,被"一奇三怪"写满了吉祥话,而若鸿在上面写的却是:

"苇苇卧病二十一天,天天好转!若鸿上班一十二日,日日成愁!"

芊芊看了这两句话,真是心痛极了。但是,若鸿挑着眉毛,用充满信心的声音说:

"不要担心,我现在只是一开始不能进入情况!等我摸熟了,就会上轨道的!你放心,我要好好地干,不能让你爹小看了我!"

芊芊欣慰地笑了。能让父亲从激烈的反对,到现在这样的妥协,已经非常非常不容易了,确实值得若鸿付出一番努力。如果能当成父亲的左右手,也不必再为"咯咯咯"来吵架了。

七月,芊芊出院了。全家热热闹闹,一片喜洋洋。"一奇三怪"都来探视过芊芊,依然爱说笑话,仍然会把气氛弄得非常欢乐。但是,子默只去过一次医院,什么话都没说,就默默地走掉了。子璇从来没出现,既没去过医院,也没来过杜家。这种冷漠,使芊芊感到十分伤痛,当她知道,自从自己受伤以后,若鸿就再也没去过烟雨楼的时候,她就更难过了。然而若鸿很轻松地说:

"那有什么关系?没有烟雨楼,我还有水云间呀!何况,我现在也没时间画画了,我有那么多'功课'要做,我有'四海'呀!"

四海,四海,四海是若鸿的地狱,里面既有刀山,也有油锅,他一会儿上刀山,一会儿下油锅,简直痛苦极了。受训一个月以后,他开始正式着手工作,这才更体会到事事艰难。永远有弄不清的数目字,永远有弄不清的港口名称,永远有弄不清的航线图,永远有弄不清的商品……真不明白,为什么一天到晚要把甲地的东西送到乙地去?又要把乙地的东西搬到甲地来?

这天,在办公厅里,一大堆"副理"围着个"梅经理",人人都捧着公文,着急地询问着:

"梅经理,华宏公司的棉花提单,我记得是交给您了,您快找找,是放在哪里了!现在等着要用!"一个说。

"我找!我马上找……"若鸿在一大堆公文里翻着找着。

"等一等!"另一个把公文送到若鸿眼前,"梅经理,这份提单,您签字签错了!现在达兴公司翻脸不认账,这笔运费,要我们四海自行负责!"

"岂有此理!"他大怒,骂着说,"你告诉达兴,我们四海的船,第一,船期稳!第二,信誉好!第三……第三……第三……"他想不起来了。

"汰旧率高!"另一个副理忍不住接口。

"对对对!汰旧率高,所以,所以……"

"跟他们说这个没有用,他们不认账还是不认账!"

"梅经理,"又一个"副理"从外面冲了进来,气急败坏地喊,"惨了惨了!这份合约书有问题,报价单上您少写一个零,十万块的生意变成一万块了!这下赔惨了,怎么办?怎么办?"

"少写一个零?怎会这样?"若鸿焦头烂额地问,"你们送出去以前,怎么不校对一下?……"

"梅经理，"再一个急急问，"隆昌的王经理在问我们，下个月五日出发的合顺号，是不是铁定在连云港靠一下？"

"靠一下？好好，就靠一下……"若鸿已经心乱如麻。

"什么？"前一个吼了起来，"怎么可以靠？航程一变，后面全体会乱……"

"哦哦哦，"若鸿急说，"那就不可以靠……"

"不可以？"后一个急了，"梅经理，你昨天说可以，张副理已经签出去了！"

"那，那，那就只好可以了！"他六神无主地。

"您说可以，张副理要您签个字……"

"签字？"他大吃一惊，跳了起来，"我不签字，我再也不要签字！以前，我在我的画上，签了几千几万个名字，每签一次都是骄傲，从没有签出任何麻烦……现在，签一个错一个，我不签，不能签……"

"梅经理……"一个喊。

"梅经理……"另一个喊。

顿时间，左一声"梅经理"，右一声"梅经理"，叫得他心慌意乱，胆战心惊。他终于再也按捺不住，霍地从椅子里跳了起来，大吼着说：

"停止！停止！一个都不要说了，我输了！我败了，行吗？而且我的名字也不叫'梅经理'，自从我叫了'梅经理'以后，我简直就是名副其实的'霉经理'！我统统不管了！我不干了！我让这个'霉经理'变成'没经理'，可以吧？"

他大步冲出门外，抛下一堆副理面面相觑，他回"水云间"去了。

这件事，使杜世全气得快发疯了，他回到家里，跳着脚对芊芊说：

"我就不懂，你怎么会看上这样一个一无是处的男人？他是数学白痴呀！数目字都不会认！不是少一个零，就是多一个零！他是地理白痴呀！到现在还不知道长江线有多少港口？他是时间白痴呀……所有船期都弄不清楚……我真怀疑他是不是智商有问题！"

"爹！"芊芊小小声说，"你不要急躁，你要给他时间嘛……"

"给他时间？"杜世全咆哮着，"他可不给我时间呀！丢下公司一大堆烂摊子，他说他不干了！连跟我报告一声都没有，人就不见了！我怎样给他时间？"

"啊……"芊芊惊呼了一声，立即了解到，若鸿必然深深受挫了，她就担忧得心慌意乱起来。杜世全还在那儿大篇大篇地数落，她已经听不进去了。"我出去一下！"她嚷着说，"我看看他去！"说着，她转身就往外跑。

"你给我回来！回来！"杜世全喊着，"医生说你还要休息，你去哪里？"

芊芊早就跑得没踪没影了。杜世全跌坐在沙发里，大声地叹气呻吟：

"我到底是造了什么孽，会生了这样一个女儿！"

芊芊到了水云间，发现若鸿坐在地上，对着一地的画板画纸发呆,他的脸色苍白而憔悴,他的眼光,像是垂死者的眼光,空洞而无神。他一动也不动地坐在那里,似乎是在"凭吊"一个死去的梅若鸿。他那种萧索、悲怆、无助和落寞,立刻绞痛了芊芊的五脏六腑,她全身全心,都为他而痛楚起来。走到他面前,她跪了下去,伸出双手握住他的双手:

"若鸿,如果你不能适应上班的生活,你就不要再去了!千万别折磨你自己!"

他抬眼看她,眼中一片悲凉。

"芊芊啊!"他哀苦地说,"失去了绘画的梅若鸿,实在是一无所有啊!在那间办公厅里,只有一个低能的、无知的梅若鸿,在那儿被各种公文,各种数目字,各种船名地名货物名,给一刀一刀地'残杀'掉!"

"若鸿!"芊芊震动地惊喊。

"失去了绘画,失去了海阔天空的生活空间,失去了自由自在的时间……我等于已经毁灭了,已经死亡了!芊芊啊……我不明白,这个毁灭了的我,死亡了的我,对于你,还有价值吗?"

芊芊被他那样凄苦的语气,吓得冷汗涔涔,发起抖来了。她扑过去,一把就把若鸿抱住,痛下决心地喊:

"若鸿,你不可以死亡,不可以毁灭!你听着!你画画吧,你去画吧!尽情尽兴地挥洒你的彩笔吧!我绝不让他们再糟蹋你,再残杀你了!"

"可能吗?"他有气无力地说,"你爹不会放过我的……"

"他会的!他会的!"芊芊喊着,"无论如何,我爱上的那个梅若鸿,是水云间里的梅若鸿,不是四海航运里的梅若鸿啊!让我们去跟爹说,让我们去说服他吧!"

当杜世全知道,芊芊和若鸿,做了退出四海航运的决定时,他实在是太失望、太灰心了。

"你不是说,你上班八小时,睡眠六小时,你还可以有十小时来画画吗?"他对若鸿激动地问,"你怎么不利用你的十小时呢?"

"我哪里还有十小时!"若鸿痛苦地说,"我已经过得一团乱了!一天剩下的十小时,有五个小时用来背资料、查资料、找资料……另外五个小时,用来痛苦、沮丧、懊恼、生气了!我还有什么时间可以画画呢?"

"这种混乱又不是永久的?你总有一天熟能生巧!你犯了这么多错,我可曾当面责备过你一句?结果你自己那么快就打退堂鼓,你对得起我吗?你这是男子汉大丈夫的行径吗?"

"我……实在没有办法啊!"若鸿沮丧到了极点,"我太不喜欢办公厅里那些事情了!"

"不喜欢?你以为我杜世全就喜欢奔波劳顿的吗?人生在世,岂能尽如人意?总有时候,是要为自己的责任感做一点什么,而不是永远为了兴趣生活……"

"爹!"芊芊急切地插进来,"你就不要再勉强他了,上那个班,对他实在太痛苦!一个痛苦的经理,不会为四海带来繁荣的……"

"是啊!"若鸿接口,"你留着我,迟早会留出大麻烦来的！这个班我是绝不能上下去了，再上下去，我自己发疯也就算了，把公司搞垮了，连累百名员工，失去就业机会，流离失所，我岂不罪莫大焉！"

"哼！"杜世全从鼻子里重重地哼一声，怒冲冲地看着若鸿，"你说的也有道理，你带来的麻烦，已经够大了！"他咬咬牙，"那么，你到底能做什么？你告诉我！画画吗？你自认是个很有才气的艺术家吗？"

"最起码，我一天画二十四小时，都不会累！"若鸿扬起眉毛来，"伯父，你放我自由自在地画画，我一定很快就画出名堂来！并不是每个艺术家都穷，靠画画而功成名就的人也多着呢！汪子默就是其中之一，不是吗？"

"这可是你说的！"杜世全盯着若鸿，"你的意思是说你是画坛奇才，只要离开我的公司，你就如鱼得水，可以全力去画，尽兴去画，画了一定有出息？早晚飞黄腾达，功成名就？"

"飞黄腾达，功成名就是可遇而不可求的！"若鸿坦白地说，"我不敢说我能达到那个地步，但是，你让我去画，我迟早会画出一片属于梅若鸿的天空来！"

杜世全背负着手，在房间里踱来踱去，踱来踱去，思索着，研考着。然后，他突然停在若鸿面前，有力地说：

"好！为了你这一句'属于梅若鸿的天空'，我赌下去了！我给你两个月的时间，今天是七月二十，九月二十日，我为你开一个画展，我会租下杭州最好的场地，揽翠画廊！所有画笔、画纸、裱画钱，全由我投资！如果你成功了，我就承认了你，如果你失败了，你就再也不要到我面前来唱高调！至于成功的定义，我并不要你的画卖大钱，只要看看你能不能在艺术界引起回响，受到肯定！"

"真的？"若鸿不敢相信地问，整个脸孔，都绽放出光彩来，眼睛里的阴郁，一扫而空，两眼变得炯炯有神了，"伯父，你真的愿意支持我？"

"我不是'支持你'，我是'考验你'，"杜世全说，"你听着！我只出资帮你开画展，但我不会发动任何一个人来买画或看画！画展的成败，全靠你自己！"

若鸿意兴风发，精神抖擞了。

"我会表现给你看的！伯父！两个月的时间虽然太短，但是我会夜以继日，全力以赴！何况，我以前还有很多画，可以整理出来！我保证，我不会再让你失望了！绝对绝对不会了！"

杜世全呼出好大一口气来：

"但愿你不会！"

芊芊喜出望外，扑上前去，忘形地搂住了杜世全的脖子，欢喜得声音都发抖了：

"爹！你毕竟是个有胸襟、有气度、有思想、有感情的，伟大的爹呀！"

杜世全又哼了声，努力做出一副无动于衷的样子来，但，芊芊这几句话，确实让他舒解了连日来的愁云惨雾。而且有些轻飘飘的！他抬眼再看了看若鸿，此时的若鸿，神采飞扬，双眸炯炯，看起来不那么落拓窝囊了。说不定，他真是个人中龙凤，画坛奇才呢！

第十二章

在芊芊卧病，若鸿上班这两个月里，子璇的心情，已经跌落到谷底。

子璇一直是个潇洒的、快乐的女人。即使她和玉农为了离婚，闹得不可开交时，她也不曾让自己被烦恼和忧郁所征服。她的思想、看法、行为……确实都走在时代的前端，带着几分男儿的豪爽之气。这得归功于她那思想非常开明的父母，给予了她百分之百的自由。自从父母举家北迁，她又深受子默和画会的影响，更加无拘无束，海阔天空。在芊芊出现以前，她是整个画会的重心。子默虽得到大伙儿的尊敬，她却得到大伙儿的"爱"。她虽然潇洒，但对这种"爱"，仍然有女性的虚荣，她就自然而然地享受着这份爱。也因为这份爱，她变得更自信、更活泼、更爽朗、更神采飞扬了。

芊芊的出现，把画会的整个生态，完全改变了。

子璇是喜欢芊芊的，觉得芊芊纤柔美丽，清灵秀气，像个精雕细琢的瓷娃娃，需要细心地呵护，仔细地珍藏，还要"时时勤拂拭，莫使有尘埃"。这样一个来自贵族之家的瓷娃娃，和无拘无束的子璇，属于两个完全不同的世界，两种不同的层次。一开始，子璇不只是欣赏芊芊，而且，是用全心在呵护着她的！当她发现子默对芊芊的爱之后，她就不只"呵护"，更生出一份爱屋及乌的"宠爱"来。

没想到，这样"呵护"着、"宠爱"着的"瓷娃娃"，竟然一棍子把子默打入地狱，再以迅雷不及掩耳的速度，从她手中夺走了梅若鸿。子璇被彻底地打倒了，连挣扎战斗的意志都失去了。怎么会这样呢？子默的才气纵横，自己的文采风流，都败给了芊芊？

子璇对若鸿的爱，已经萌发了两三年。她从没见过这样落拓不羁、充满自信、欢乐的、天真的、永远童心未泯的男人。若鸿勾起了她一部分潜藏的母爱，使她几乎是无条件地、不求回报地去爱他。在她离婚之前，她爱他爱得那么"坦然"，连自己都相信这份爱是超越了男女之情，一种纯洁无私的爱。离婚之后，挣脱了所有道德传统的枷锁，她对他再无保留，奉献了一个最完美的自己！

结果，这份爱不曾在若鸿生命中留任何痕迹，得来容易，弃之更易。芊芊攻占了若鸿整个的城池，子璇连一点点小角落都没有了。

不可能不吃醋，不可能不生气，不可能不嫉妒……但是，更深更深的伤痛，来自对自己的否定。"失恋"不是一个单纯的名词，失去的绝不止一个"恋"字。伴之而来的，是失去自信,失去欢乐,失去爱与被爱的能力,失去生活的目的,失去兴趣……失去太多太多的东西!

子璇就这样陷入了生命的最低潮。其实,子默的伤痛,比子璇来得更强烈,但是,子默是男人,他还要教书,他还要演讲,他还要画画……他的生活面毕竟比子璇广阔,他的情感也比子璇含蓄。所以,他还能自制,子璇却连自制的能力都没有了。

芊芊坠楼、受伤、住医院,若鸿弃画从商、进公司上班……这些事一桩桩地发生。子璇在巨大的惊愕中,有更深的挫败感,若鸿连绘画都可以放弃,他还有什么是不能放弃的?

子璇的消沉,加上子默的失意,画会也显得毫无生气了。何况,没有爱闹的若鸿,失去美丽的芊芊,"一奇三怪"都笑不出来了。好不容易,大家拉着子默去"夜游西湖",子璇又不肯去。

那夜,钟舒奇来敲她的房门。

"子璇,别再关在屋子里了,和大家一起去欢笑吧!我们热了一壶酒,到船上去喝!没有你,我怎么可能有兴致呢!去吧!去吧!"

她一时之间,情绪澎湃,不能自已,她把钟舒奇拉进了房门:

"我有一个很严肃的问题要问你,你一定要回答我实话,不可以骗我,好不好?"

"你问啊!我从不说假话的!"钟舒奇正色说。

"舒奇，"她非常认真地问，"你爱我吗？"

"我？"舒奇大大一震，不由得激动起来，"全世界的人都知道我钟舒奇爱你，就像全世界的人都知道叶鸣、玉农他们爱你一样！子璇，如果你对感情付出过痛苦，我付出的一定比你付出的多得多！"

"怎么说？"

"当你是别人的妻子时，我爱你爱得痛苦，当你为别人动心时，我爱你爱得痛苦，当你又为别人失意时，我爱你爱得更痛苦了……"

"舒奇！"她感动地喊了一声，把舒奇紧紧抱住，"你这几句话，让我太感动了！我从来不知道，我使你这么痛苦！我实在太坏了！舒奇，你要永远这样爱我，永远不变，好不好？好不好？"

"你放心，"钟舒奇又惊喜又激动，把子璇紧紧搂住，"我不会变，我永远永远都不会变！"

于是，子璇吻了他。

钟舒奇在狂喜般的激荡里，拥住了子璇。一个动情的男人，和一个寂寞的女人，就这样给予了彼此，也占有了彼此。

对子璇来说，和钟舒奇的那一夜，是自己失意中的发泄，她实在没有对钟舒奇认真。事后，她有一点点后悔，但是想想，自己这一生，已经弄得乱七八糟，该后悔的事实在太多，也就不去想它了。但是，钟舒奇认真了。没几天，子默就气急败坏地来找子璇，抓住她的肩膀，摇着她。

"我问你，你好端端的，去招惹舒奇做什么？你又不是不知道，这'一奇三怪'当中，就是钟舒奇最死心眼儿，他会认真的！"

子璇神思恍惚地看看子默，受伤地问：

"他认真又怎样呢？认真也值得你大惊小怪吗？难道你也认为，像我这样的女人，不值得男人来认真吗？"

"那么，你打算嫁他吗？"

"嫁？"子璇一震，"我刚从一个婚姻的牢笼里逃出来，你以为我还会再掉进去吗？"

"那么，你是在游戏吗？这是一个好危险的游戏！你不要糊涂！男女间的事，一个弄不好，就会天翻地覆……梅若鸿和芊芊就是例子，杀伤力之强，简直四面八方，都受影响……"

"不要对我提梅若鸿！"子璇神经质地大叫，用双手捂住了耳朵。

子默抽了一口冷气，神情凝重地看着子璇，眼中满是心疼。他拉下子璇捂住耳朵的双手来，紧紧盯着她：

"子璇，你到底和梅若鸿，到了什么程度？"

她转开头，不说话。他心中更冷了。

"子璇，若鸿是个混蛋，我们把他忘了吧！就当我们这一生，从没认识过这个人，把他埋了，葬了吧！"

她转回头来，凝视着他，低沉地问：

"你行吗？你做得到吗？忘了芊芊？不再爱她，不再恨她！不再为她心痛，不再为她生气，不再为她伤心，不再为她担忧……你做得到吗？"

子默心头一紧,说不出有多痛。他哑声说:

"即使我忘不掉芊芊,我也不会找另一个女孩来填空!这样是不公平的!不道德的……"

"不要对我谈公平道德!"她发作了,对子默大吼大叫起来,"人生没有什么事情是公平的!不要用传统礼教的那些大帽子来压我,我从来就是礼教的叛徒!成天跟着你们这些艺术家鬼混,早就没有人尊重我,珍惜我!我的事我自己负责!钟舒奇以前没有得到过我,现在他也没有损失什么,你干吗为他抱不平?他有什么不满意,尽管来找我好了……"

子默被她吼得连退了好多步,退到门边,他以一种陌生的眼光,悲伤地看着她。那个欢乐的、自信的、神采飞扬的汪子璇,到哪里去了?他重重地咬了一下嘴唇,闭了闭眼睛。那个汪子璇,已经被若鸿和芊芊谋杀了!就和往日的子默,被他们谋杀了一样。他退出房间,带着无尽的伤痛,走了。

没多久,子璇过生日。谷玉农带着好多礼物来看子璇,又是衣料,又是首饰,又是巴黎带来的香水和化妆品。子璇又感动了,她最近真容易被感动!搂着玉农的脖子,她亲昵地说:

"如果还爱我,就证明给我看!如果还爱我,就不要放弃我!我是自由的,你也是自由的,这种感觉真好!追我吧!玉农!继续爱我吧!玉农!"

谷玉农的心,就这样被她撩拨得飞了起来。那晚,她喝了好多酒,醉了。她跳上马车,驾着马车就往外飞奔,谷玉农追上去,跳上马车陪她飞奔。

八月，子璇忽然从昏天黑地的荒唐岁月中醒了过来，觉得自己浑身都不对劲。早上起床，看到牙膏就想吐，经过厨房，闻到油腥味就要作呕。她惊怔地、恐慌地体会到，自己身体里已有一个小生命在孕育。怎会呢？她和谷玉农结婚四年，也曾希望有个孩子，但，她始终都不曾怀孕。她的生理期常常不准时，也看过妇科医生，医生说她不容易受孕。而现在，她身体上的种种变化，都让她确定，她是怀孕了。算算日子，从五月份以后，经期就不曾来过了！五月，正是芊芊去上海，她和若鸿纵情于水云间的时期！她惊悸地、苦恼地想着：不要不要！她不要怀孕，她不要这个孩子！尤其，是梅若鸿的孩子！她用手压在肚子上，似乎已感到那孩子在长大。怎么办呢？怎么办呢？她心慌意乱，着急了，害怕了。她这一生，从没有这样手足失措、束手无策过。

她迟疑了好多天，既没有人可以商量，也没有人可以讨论。身体上的不适在加重，没胃口，没精神，只想吃些奇奇怪怪的东西。挨到九月初，她觉得没办法再拖下去了，她必须要找另一个当事人谈谈。于是，她骑着脚踏车，去了水云间。

若鸿确实夜以继日、全力以赴地画了两个月的画。在画画的过程中，他时而欢喜，时而忧愁，时而得意，时而灰心，时而觉得自己是天才，时而又认为自己是废物……就这样一会儿上天，一会儿下地地把自己折腾了两个月。幸好芊芊陪伴在侧，不断地打气，不断地鼓励，是个"永不泄气的支持者"。这样，若鸿终于有了五六十张自认还过得去的作品，尽管他把自己弄得又瘦又黑，他的精神却是振作的，眉尖眼底，全是喜悦和兴奋。

这天，阳光很好，水云间外的草地，一片碧绿。芊芊把若鸿的画，一张张排列在草地上，用石头压着四角，以防被风吹走。她再一张张审视过去，嘴里喃喃地说着：

"这一张我喜欢……这一张我喜欢……这一张我喜欢……这一张我也喜欢……"她抬头叫，"若鸿！每一张我都太爱了，怎么办？画展到底要用多少张？"

若鸿奔过来，看着一地的画，他一张张看过去，越看越满意，越看越得意。

"傻瓜！"他故意地笑骂着芊芊，"什么每张都喜欢？这张就不好，这张也很烂，这张……这张实在不错！这张也还马马虎虎……唔，唔……这张嘛，这张是杰作！"他情绪高涨，兴奋不已："哇！才多久时间，我居然完成了这么多幅画！哈哈！"他大笑着，"哈哈，哈哈……"太高兴了，他往后一仰，就平躺在草地上，两眼望着天空，大叫着说，"天为被，地为裳，水云间，我为王！哈哈！"

芊芊感染了他的喜悦，跪在他身边，看着他。见阳光闪耀在他整张脸孔上，芊芊也喜不自禁了，笑着说：

"你真的有点疯狂哦！"

"不是一点点疯狂，是很多很多疯狂！"若鸿笑着说，伸手用力一拉，就把芊芊拉了下来，两人滚倒在草地上，笑成一团。

子璇就在这时，到了水云间。

她停下脚踏车，惊讶地看着一地铺陈的画和那滚成一团的若鸿和芊芊。心中像被一块巨石狠狠撞击了一下，仓促间，她转身想离去。但是，若鸿和芊芊已经看到她了，两人急忙从草地上站起来。

"子璇！"若鸿喜出望外，"你终于肯来水云间了！哈！今天真是我的好日子，吉星高照！我就知道你不会永远不理我的！"

子璇深深地吸口气，力图平静自己。芊芊已走过来，对她羞涩地、友善地、近乎讨好地一笑：

"子璇，你比我大几岁，我有什么不对，你原谅我吧！如果我们大家能恢复以前的友谊，我就太高兴了！"

子璇对芊芊软弱地笑了笑，心情实在太烂了，自己也知道笑得非常勉强，她抬眼去看若鸿，心事重重地说：

"若鸿，我来找你，有事……"

"太好了！"若鸿不由分说，拉住她，就把她拖到那些画前面，"快来！你帮我看看这些画，你看我画得怎样？我的画展就要举行了，我实在很紧张……"

"画展？"子璇怔了怔。

"是呀，就是二十日，在揽翠画廊！我已经寄请帖给你们了！你回去告诉子默和舒奇他们，一定要来！"他兴冲冲地说着，又解释了一句，"当然，是杜伯父支持我，要不然，我是没能力去租那种地方的！"

子璇看了芊芊一眼，再看了若鸿一眼，心中的感觉，真是复杂到了极点,说不出有多嫉妒,也说不出有多苦涩!

若鸿一心只在他的画作上:

"你看!这一张,我好得意,我给它取名字叫《奔》,你说好不好?还有这张,画的是雨后的天空,我还没定名字,你说叫什么好?"

子璇情不自禁地被那些画吸引了,她一张张看过去,越看越惊奇,不得不赞赏地说:

"若鸿,你真是才气横溢,画得……太好了!"

"真的吗?真的吗?"若鸿兴奋得像个孩子,"你这样说,我就放心了!芊芊说她每张都喜欢,但她是感情用事,根本不懂嘛!你才是行家!而且你不虚伪!我真的有进步,是不是?是不是?"

子璇忽然看到两张并排而放的油画,画的都是人像,一张是自己披着薄纱站在窗前,一张是芊芊,伫立在西湖湖畔,穿着件低胸的白色绸衫,胸前的"红梅",赫然在目!子璇瞪着那两张画,顿时觉得五内俱焚,整个胃都翻搅了起来。她再也看不下去了,她再也待不下去了,至于来时想谈的问题,也谈不出口了。她掉转身子,回头就走。

"子璇!"若鸿惊呼着,"你才来,怎么就要走呢?别走别走!进屋里去喝杯好茶,芊芊才给我拿了两罐碧螺春来……"

子璇一语不发,跳上车子,头也不回地、飞快地、逃也似的骑走了。

芊芊看着她的背影,有些恐惧地说:

"若鸿,我觉得她不对劲儿!你是不是该……追她去?也许……她有话要对你说……"

若鸿摇摇头,有些沮丧起来。他看了芊芊一眼,是的,他已经在两个女孩中选择了一个,就对这一个好到底吧!子璇的创伤,他已经无能为力了。

第十三章

　　子璇已经走投无路了。在那个时代，要除掉肚子里的孩子，实在不是一件很简单的事。

　　她好不容易，辗转又辗转地，从陆嫂的朋友，一个洗衣妇那儿，弄到了一个地址。于是，这晚，她单枪匹马，带着二十块现大洋，带着坚定的决心和无比的勇气，在一个小黑巷子里，找到了那个地址。敲开门，那产婆一见白花花的大洋，再看年纪轻轻的子璇，就什么都明白了。她四顾无人，忙忙地关了门，把她拉进了小屋。

　　小房间里阴暗潮湿，一股药水味和霉味扑鼻而来，子璇就觉得头晕目眩了。产婆让她躺上了床，先帮她检查，手指在她肚子上东压压，西压压，一副"专家"的样子。

　　"几个月了？"产婆问。

　　"大……大概三个月。"她嗫嚅着。

　　"我看不止啰！"产婆老三老四地说，"孩子都挺大的了，起码有四个月了！你今天是碰到贵人了，换了任何人都不敢帮你拿，这么大的孩子，手啊脚啊都长好了，已经是个成形的小娃娃了……"

产婆说着，开始去清理工具，钳子剪刀在盂盆里丢来丢去，一阵铿铿锵锵，金属相撞的，刺耳的声音。子璇听着，不自禁地起了浑身的鸡皮疙瘩。她把手紧压在肚子上，想着产婆说的，"手啊脚啊都长好了，已经是个成形的小娃娃了……"她似乎感到孩子的小手，隔着那层肚皮，在探索着她的手，在试着和她相握。她惊颤着，浑身通过一道电流似的刺痛，一直痛到内心深处。

"你要怎么做？"她问产婆。

"以前都是吃药，可是吃药靠不住，吃了半天，孩子还是下不来。现在我用刮的，是医生教给我的洋方法，快得很，刮过就没事了……"

"刮的？你是说，你把他'割'掉？"

"是啊！"

"那，"她急急地，冲口而出，"他会不会痛？"

"你忍着点，总有点痛，忍忍就过去了！"

"我不是说我，"她激动了起来，"我是问'他'，孩子，孩子现在有没有感觉，会不会痛？"

产婆愣住了，张大眼睛说：

"那我怎么知道啊！"

"你说他已经都长好了！你去割他的小手小脚，他怎么不会痛？"她更加激动，全身战栗，想着她腹内的那个孩子，想着那柔弱的小手小脚。她仓皇地跳下床来,一头一脸的冷汗,满眼的惝惶和心疼:"不行不行!你不能割我的孩子,他会痛!他一定会痛!我不要他痛!"

"你到底要不要做?"产婆喊着,"躺好!躺好!"

子璇把产婆用力一推,产婆一个站不稳,跌坐下去,带翻了小茶几,钳子刀子盆子落了一地。

"他是我的孩子!我不能用刀去割他……"子璇哭着喊,夺门而逃,"我不能!我不能!我不能!我不能……"

子璇逃出了那间小屋,仓皇地拔脚狂奔,好像那些刀子钳子都在追着她。她对这儿的地形原不熟悉,四周又都漆漆黑黑,连盏路灯都没有。她跑着跑着,一面不住回头张望。忽然打另一个巷子里,走出一个挑着木桶的小贩,小贩一声惊呼,来不及躲避,两人就撞了个正着。子璇惨叫一声,摔倒于地,木桶扑通扑通滚落下来,好几个都砸在她肚子上。她痛得天旋地转,汗泪齐下,用手捧着肚子,她昏乱地、痛楚地狂喊:

"不!不!不!孩子!不可以这样……孩子,我要你,我要你了……求求你,不要离开我!不要不要……"

喊完,她就晕过去了。

当医院通知子默的时候,刚好"一奇三怪"都在,大家听说子璇在医院急救室,全都吓傻了。弄不清楚子璇到底怎样了。跳上了马车,大伙儿就全赶到了医院。

子璇已经从急救室里推出来了,脸色苍白,形容憔悴,发丝凌乱，眼神焦灼。医生紧跟在病床后面，对子默等人安慰地说：

"我已经给她打了安胎针！这一跤摔得真是危险！不过，这并不是表示胎儿已经保住了，还要住几天医院，观察观察，如果不流产，才算安全过关！现在，赶快去办住院手续吧！"

子默目瞪口呆，惊愕无比地去看子璇。子璇在枕上掉着泪，神色悒惶，用充满歉疚，充满悔恨，充满自责，充满哀求的语气说：

"哥，我错了！我知道我错了！孩子是老天赐给我的，我要他！我真的要他了！帮助我，请你帮助我，求求医生帮我保住他！我不能失去他……不能失去他……"她哭了起来。

"镇定一点！勇敢一点！"医生拍拍她，"孩子还在，没有掉，只要你肯好好休养，不要再摔跤……我们会尽全力，保住你的孩子！"

子默仍然怔着，太吃惊了，太意外了。瞪着子璇那张衰弱苍白的脸，他心中绞痛，这样的子璇，实在太陌生了！他还来不及表示什么。钟舒奇已经像大梦初觉般，又惊又喜地开了口：

"子璇，你怀孕了？你怀孕了？"他扑上前去，紧握着子璇的手，掉头看子默，"子默，这是好消息，是不是？你放心，一切我都会负责的！"

子默更加傻住了，那"三怪"也傻住了，彼此看来看去，完全搞不清楚状况。

第二天,谷玉农就赶到了医院里。

子璇住的是特等病房,有两间,外面是会客室,里面是卧室,玉农冲进会客室的时候,子默和钟舒奇都在。

"子璇呢?子璇……"他往卧室就冲。

"你不要去吵她!"钟舒奇一把挡住了他,"她现在需要好好静养!"

"她怀孕了!"玉农兴奋地大叫着,"我听致文说她怀孕了!我要见她呀!"

钟舒奇面色一正,诚恳地说:

"对!她怀孕了!所以我们很快就要结婚了!请你以一个'朋友'的立场来祝福我们吧!"

"什么?"谷玉农暴跳了起来,"孩子是我的,你跟她结什么婚?我是她的丈夫,什么'朋友的立场'!"

"孩子是你的?"钟舒奇气得脸发青,"你做梦吗?你跟她的婚姻关系早就结束了!这也是我要跟你特别强调的!你和她离的婚是绝对算数的!你们之间的事,已经统统都过去了!你以后不要动不动就心血来潮,说什么丈夫老婆的了!我是孩子的爹,这点才是最重要的,懂了吗?"

谷玉农瞪大眼睛,一瞬也不瞬地盯着钟舒奇看,越看就越生气,越看就越火大。

"原来,你这个狗东西!居然敢占子璇的便宜!你混蛋!"他揪住了舒奇的衣服,想要揍他,"你怎么可以乘人之危!你卑鄙!"

"你无赖!"钟舒奇也吼了起来,"结了婚不好好珍惜,离了婚又死不认账!连我和子璇的孩子你都要来抢!"

"什么叫抢?本来就是我的!"

两个人剑拔弩张,眼看就要打起来。子默实在看不下去了,往两个人中间一站,奋力地隔开两个人,他又生气又失望地嚷着:

"你们两个够了没有?这儿好歹是医院,吵出去给人听了,像话不像话?住口!都给我住口!"

谷玉农和钟舒奇,虽然被扯开了,两人仍然彼此恶狠狠地瞪着对方,摩拳擦掌,咬牙切齿,似乎都恨不得要把对方吞进肚子里去。子默把两个人都往门外推去:

"你们先走!谁都不许再吵!这件事,只有子璇说了才算数!我要先问问清楚!"

"我也要去问!"谷玉农说。不肯走。

"我也要去问!"钟舒奇说。也不肯走。

"你们谁都不许去问!"子默气疯了,"好好,你们在这儿等着,我去问!"

子默进到病房,看见子璇靠在床上的枕头堆里,对着窗外默默地出神,显然,外面的一番争执,她全听到了。她脸上有种孤傲的冷漠,好像外面的争执,与她毫无关系似的。她的脸色依旧苍白,眼神却很深邃。

"你听到了吗?"子默强抑着怒气,问,"子璇,你怎么弄到这个地步?孩子到底是谁的?你说!"

她紧抿着嘴,半晌,才说:

"不知道!"

"不知道？"子默真想给她一个耳光，又强行压抑住了，"你堕落了！你这样不爱惜自己，你真让我太失望了！你以为这就是开放？就是前卫吗？你如此不自爱，你叫别人怎么爱你？"

子璇震动了一下，脸色更加苍白了。

"孩子……不是他们的！"她轻声说。

"那么，"子默走过去，抓住了她的肩膀，强迫她面对着自己，低声问，"是梅若鸿的？你告诉了他没有？他不承认吗？他不要吗？你说话呀……说话呀……"

她的眼神更加深邃了，像海一般，深不见底。

"孩子……不是任何人的，他是我的！是我一个人的！我没有要任何人对他负责任！我自己会对他负责任！"

子默深深地看着子璇，他懂了，就算他是白痴，他也知道谁是孩子的父亲了！他放开了子璇，走出房间。客厅里，谷玉农和钟舒奇拦了过来，用充满希望的眼光望着他，急急地追问着：

"她怎么说？她怎么说？"

"她说——"他咬了咬牙，抬头看着两个人，"孩子是她一个人的，她不要你们任何一个来负责！"他吸了口气，又难过、又伤感，顿了顿，才恳切地对两人再说，"假若你们两个都爱她，在这个时刻，就不要再去追问，再去折磨她，让她好好休息，等她休息够了，身体好了，我们再来研究这事要怎么办。暂时，你们看在我的面子上，看在子璇那衰弱的情况下，不要再争执，不要再吵闹了！"

谷玉农和钟舒奇都纳闷着，困惑着，也都若有所失。彼此再互看了一眼，就都像泄了气的皮球般瘫下去了，无力再争执什么了。

这天下午，子默到了水云间。

若鸿和芊芊，正忙着把装好框的画，做最后的整理。画展只剩下三天就要举行了。还有好多事没有办，两人都忙得团团转。当子默出现的时候，若鸿在震惊之余，立即就热情洋溢了。他兴奋地喊：

"子默！你知道我要开画展的事了，是吗？你肯来看我，就是给我最大的鼓励了！这表示，你对我前嫌尽释了！是不是？"

子默强压着怒火，看了芊芊一眼，走到若鸿面前。

"走！我有话要问你！我们出去谈！"

若鸿一怔，看到子默满脸寒霜，他的热情被扑灭了，笑容一收，他僵了僵说：

"那……你就问吧！"

子默再看芊芊一眼。心中依然为芊芊而痛楚着，脸色更难看了。芊芊觉得不太对劲，对子默怯怯地回了一瞥，急促而不安地说：

"子默，你要我回避是吗？"

"你要问就问呀！不必忌讳芊芊！"若鸿见子默和芊芊看来看去，心里颇不是滋味，"我跟芊芊之间，没有秘密！"

子默震动了，更是怒火中烧，一发而不可止。

"好！很好！没有秘密！那么我就当了她的面谈吧！子璇怀孕了！你是知道还是不知道，你预备怎么办？"

当的一声，芊芊手中的一个钉钟，掉到一张画框上，把玻璃打得粉碎。若鸿一惊，急忙对芊芊吼：

"当心我的画！"

子默一把揪住了若鸿的衣襟，把他推得抵在墙上，他瞪着若鸿，眼中几乎喷出火来。咬牙切齿地，他不相信地问：

"我告诉你子璇怀孕了，而你只关心你的画？"

若鸿心慌意乱地看着子默，脑中紊乱极了。

"子璇怀孕了？啊？怎么回事？怎么回事……"

"怎么回事？"子默怒吼着，"我就是要来问你，是怎么回事！你这个敢做不敢当的伪君子！你这个小人！你这个不负责任的混蛋！我恨不得一刀把你杀了……"

芊芊的心，蓦然间被撕扯成了碎片。她张大眼睛，痛楚地看着若鸿，什么都明白了。

"原来，那天子璇来，就是要告诉你……但她没有机会开口，原来……是这样……"

"子璇来过？"子默更加肯定了，"子璇果真来过？你不过问、不帮忙，让她一个人走投无路……害她又摔跤、又住院！你还有一点点人性吗？"

"我不知道啊！"若鸿痛苦地说，"她什么都没说，我真的一点都不知道啊……怎么摔跤、怎么住院，她受伤了吗？"

"如果你想知道孩子是不是掉了，让我坦白告诉你，没有掉！孩子命大，会来到这个人间，向你讨债……"

芊芊眼泪扑簌簌一掉，痛喊着说：

"若鸿！不要让我轻视你！孩子是你的，你就不能赖呀！否则，你要子璇怎么办？你跟子璇，已经好到这个地步，你从来没有告诉过我！我……我真后悔呀！"

芊芊喊完，就哭着跑掉了。

"芊芊！芊芊！"若鸿着急地大喊，但，子默揪着他的衣襟，他无法动弹。

"你敢去！"子默把他再一推，推在墙上，"这个节骨眼了，你还敢撇下子璇追芊芊去？"

"子默！"若鸿迎视着子默那燃烧般的视线，"我无可奈何啊！我现在只能忠于一份感情，一个女人！我无法使两个女人都幸福快乐，我已经为了芊芊而伤害了子璇，现在你要我再为子璇而伤害芊芊吗？即使我愿意为了那个孩子而娶子璇，你认为，这不是对子璇的侮辱吗？"

"你……你……"子默被他的话堵住了口，一时间，竟答不出话来。心里的怒火，更是如火燎原般地燃烧起来。他忍无可忍，就一拳对他挥了过去。

若鸿被这一拳，打得踉跄后退，摔倒在地上，一屁股就坐在一幅刚装好框的画上面。

"画！我的画！"若鸿情不自禁地叫着，弹起了身子。

子默瞪大了眼，简直不相信自己的耳朵。

"到现在，你的眼中、心中，还是只有你的画！哼！我真是看透了你！你这么自私，怎么值得如此美好的两个女人，为你付出？"

"子默，我保证，等我忙完了画展……"若鸿焦头烂额，狼狈不堪地说，"我会来解决这件事……"

"不必了！"子默大声说，走过去，对着一张画，狠狠地踹了一脚，"画展？画展？祝你的画展，空前成功！"

他掉转头，大踏步地冲出了房间。

第十四章

芊芊哭了一夜，左思右想之后，她依然原谅了若鸿。第一点，是因为自己又文身又跳楼，闹得如此轰轰烈烈地跟定了若鸿，似乎已无回头路，不原谅他又能怎样？第二点，若鸿和子璇的事，据若鸿说，是发生在自己去上海的时候，一个刚离婚，一个正失意，就这样"互相慰藉"了。说起来似乎也情有可原。第三点，画展马上要开始了，这是梅若鸿挣扎半生，好不容易才有的一天，她实在不想把它弄砸，何况，诸事待办，他们都没有时间再用来吵架闹别扭。第四点，杜世全对梅若鸿已经有那么多的不满，她千辛万苦，只想扭转父母对若鸿的印象，这件事还不能让父母知道，以免罪加一等。第五点，若鸿太会说话，又有那么一对深情的眼睛！瞅着她，带着歉意和罪疚，他不住地说：

"是我错，都是我的错！我没办法为自己讲任何脱罪的话，总之是我把持不住！是我不好！但是，芊芊，支持我！

每次我快要倒下去的时候,你都会支持我!每次我闯了祸,你都会包容我!芊芊,无论我以前有多少不良记录,你一定要相信我,你是我今生的最爱!原谅我吧,不要在此时此刻,弃我而去!如果你唾弃了我,我就什么都没有了!"

"但是,我害怕了!"芊芊哭着说,"你还有什么事情是我不知道的呢?它们会不会像海浪一样,一波接一波地扑过来呢?我真的承受不住呀!"

若鸿震动着,蓦然间,心中翻滚着一个名字:翠屏。说出来吧!干脆把翠屏的事也说出来吧!但是,翠屏已是前生的事了,十年,是好漫长的岁月,十年前,自己只是个十五岁的小孩子!他怔怔地看着芊芊,见她哭得梨花带雨,不禁心中抽痛。不不!不能再给她负担,不能再给她打击了。让翠屏成为自己永久的秘密吧。于是,他诚挚地说:

"不会了!请你原谅我!让我们一起来面对现在的难题吧,好不好?好不好?"

她愁肠百结,仍然不能不爱他,不能不原谅他。

画展开幕的前一晚,芊芊和若鸿去医院里看了子璇。

短短几日之间,子璇的心情,已有彻底的改变。

从千方百计要拿掉孩子,到全心全意要留住孩子,这刹那间的转变,把子璇带进了一个全新的境界。她这才明白,在自己内心深处,竟有一种爱与期盼,超越了男女之情,超越了对自由的向往,对无拘无束生活的渴求。她宁愿被束缚,宁愿被套牢,她要这个孩子!这份"要",比她要任何东西或感情都来得强烈。因而,当医生告诉她,胎儿保住了的时候,她的狂喜和感恩，简直无法形容。她不再自怜了，她不再沮丧了。对于自己和若鸿那段情，已变得云淡风轻了。她，重新"活"过来了。活出另一种自信，另一番天地！

因而，当芊芊和若鸿来的时候，看到的是一个全新的子璇。她满足地靠在一大堆枕头里，脸上是一片光明与祥和。谷玉农和钟舒奇都在旁边陪着她。子默刚好不在。看到了若鸿和芊芊，谷玉农急忙忙地报告：

"你们知道吗？我快做爸爸了！"

钟舒奇双手一握拳，气得不得了：

"真是莫名其妙！一定要说我的孩子是他的……"

"玉农！舒奇！"子璇在床上清清脆脆地喊，"你们两个要是再吵这个，我就一辈子不理你们了，我说得到就做得到，你们要不要赌？"

钟舒奇和谷玉农全都住了口。若鸿和芊芊面面相觑，简直不知道是怎么回事。然后，子璇把钟舒奇和谷玉农都关在外间，就伸手握住了芊芊的手，温柔地看着她，温柔地开了口：

"芊芊，不管我们之间有什么过节，或是什么心病，都已经过去了！你看我，又活得好有自信，好有希望了！让我们之间的不愉快，都烟消云散了吧！"

芊芊太感动了，太意外了，想说什么，话未出口，泪水立即就冲进了眼眶。子璇立刻把她拉入怀里，双双一拥，千言万语，尽在不言中。若鸿站在一边，更是惭愧负疚得无法言语。好半响，子璇推开芊芊，抬眼看看若鸿：

"若鸿，你好好保护芊芊，如果有一天，你伤害了她，我和你是无了无休的!"

若鸿拼命点头。

"你们放心!"子璇再说,声音温柔而坚定,"孩子是我的,是我自己一个人的,我会为了他而坚强,为了他而独立!没有人要你们承担什么,你们不必自己给自己揽责任!换言之,"她盯着若鸿,清晰地说,"梅若鸿,孩子不是你的!"

若鸿震动着,芊芊也震动着,两人呆呆地站在床前,都不知道该说什么才好。然后,子璇欢快地叫了起来:

"好了!你们两个,还不快去忙画展,在这儿耽误时间干什么?快去吧!若鸿!祝你画展成功!我可能无法去画展帮忙了,因为医生一定要我卧床休息!"

若鸿再也没有料到,子璇就这样放过了他。看着子璇那张虽憔悴,却焕发着光彩的脸庞,想着她体内那个孩子——大约是自己的孩子——他心中真是一团混乱,五味杂陈,简直不知道是怎样的感觉。芊芊又紧拥了一下子璇,就和若鸿走出了医院。他们在杭州市的夜空下,默默地走了好长的一段路,然后,芊芊说:

"这样的奇女子,要不爱她,也难!是吗?"

若鸿不敢接口,怕接任何话都是错的。他握紧了芊芊的手,默默地走着,心里激荡着对子璇的敬佩,对芊芊的热爱。

画展如期举行了。

杜世全调了公司里的职员,来画廊里帮忙签名、招待、订画、买画……诸多杂事。开幕第一天,杜世全和意莲,带着小葳、素卿全都到场，待了整整一天。这天的参观者还算踊跃，画廊里很少冷场。芊芊和若鸿都很紧张，一忽儿在门口张望，一忽儿又到人群中打招呼。芊芊忙里忙外，连端饮料送茶水，都亲自去做。若鸿经常陪着些艺坛怪人看画，聆听各种批评，脸上常常浮着"不以为然"的神情。素卿只关心有没有人买画，不住去问会计小姐：

"卖掉几张了？"

会计小姐只是摇摇头。小葳东跑西跑，对每幅画都很崇拜，不住口地说：

"若鸿哥哥画得好棒！我以后也要做个画家！"

世全神色大变，对着他的脑袋就敲了一记：

"一个梅若鸿，你老爹爹我已经受不了了，如果再加一个你，你干脆要了我这条老命算了！"

一整天下来，大家都腰酸背痛，舌燥唇干，累得要命。画，没有卖出一张。杜世全有些纳闷，芊芊说：

"这才第一天呢！咱们又没有宣传！等到一传十，十传百，来参观的人会越来越多的！"

"怎么没有人买画？"经济挂帅的杜世全忍不住问。

"不要那么现实嘛，"芊芊说，"艺术的价值，本不在金钱，而在有没有人欣赏！艺术到底不是商品！"

"哦？"杜世全有点儿"呕"，"那么，在每幅画下面标价是干什么的？不就是已经'自定身价'了吗？既已经定价要卖，不是商品是什么？"

"伯父说得对！"若鸿闷闷地说，"真正好的艺术品，不但要有人欣赏，还要能引起收藏家出高价收藏！唱高调是没有用的，毕加索的画是有价的，梵高、高更、雷诺阿……哪一个的画不是价值连城？我……"他有些泄气了。

"你们都太患得患失了吧！"意莲说，"这才第一天呢！展期有十天，慢慢瞧嘛！"

第二天，参观的人减少了一半，画依旧没有卖出。然后就每况愈下，人一天比一天少，展览会场冷冷落落，几个从四海调来的职员，闲闲散散地都没有事情做。第五天，子默带着"一奇三怪"，都来参观画展，引起若鸿和芊芊一阵惊喜。子默的脸色依旧很难看，对若鸿和芊芊都爱理不理，似乎是纯粹为了"看画"来的。若鸿却兴奋得不得了，热情地陪着子默看画，震动莫名地说：

"子默，这个画展，已经算是失败了！但是，你和画会的人能来，对我的意义太大了！你，毕竟是个重感情、够朋友的人啊！"

"不要把'朋友'和'画画'混为一谈！"子默的语气，冷如寒冰，"我不是来交朋友的！我是来看画的！"

若鸿碰了一鼻子灰，但他依然忍耐着，热切地观察着子默看画的神情。"一奇三怪"倒都是热情地、由衷地赞美着，惊叹着。都说"士别三日，刮目相看"。这些赞美和惊叹，使若鸿也生出些许安慰来。子默把画展每张画都仔细地看完了，他对若鸿点了点头，深吸了口气说：

"你的确是个奇才！我曾经预言，不出五年，你会独领画坛风骚，如今看来，用不着五年了！"

若鸿大喜,芊芊也笑了。

"你真的这样认为?不是在安慰我?"若鸿问。

"安慰你?"子默冷哼了一声,"我有什么义务要安慰你?我恨你入骨,不曾减轻一丝一毫!"他咬咬牙,"但是,我还是不得不诚实地说,你的才气使我震撼!尤其是《奔》《破晓》《沉思的女孩》和《不悔》那几张……都是神来之笔!几乎让我嫉妒!"

说完,他掉转头,就大踏步地离去了。

若鸿又震动,又兴奋,久久不能自已,抓住芊芊说:

"芊芊!你听到没有?子默说我画得好!他的话一向举足轻重,他的鉴赏力是第一流的!有了他这些话,我多日来的沮丧,都减轻了不少!"

"不要沮丧!"芊芊永远在给他打气,"画展还有五六天呢!能再遇到几个像子默这样的知音,你就不枉开这次画展了!"

再过了两天,画展更形冷落了。不但没有赞美的声音,杭州的艺术报上,还有一段评论家的评论:

"梅若鸿试图把国画与西画,熔于一炉,可惜手法青涩生嫩,处处流露斧凿的痕迹。加以用色强烈,取材大胆,委实与人哗众取宠之感,综观梅氏所有作品,任性挥洒,主题不明,既收不到视觉上的惊喜,也无玩赏后的乐趣,令人失望之至!"

杜世全灰心极了,把报纸摔在桌上,懊恼地说:

"早知道这样,还不如不要开这个画展好!没一句褒奖的话，全是毁损，这不是让人看笑话吗？"

若鸿到了这个地步，终于知道，这个画展是彻底失败了。子默的赞美也无济于事了。他被这么严重的挫败打击得心灰意冷，壮志全消了。再也不愿意待在画廊，他只想逃回水云间里，去躲起来。他对芊芊说：

"画坛不缺我这个人，没有梅若鸿，画坛还是生机蓬勃，佳作不断！我这个人简直是多余的……可是，像我这样一个人，我不画画，还能做什么呢？"

"不要灰心嘛！"芊芊追着他说，"再等等看，说不定会有奇迹发生！"

"艺术要靠实力，要得人赏识，要能获得大众的共鸣，如果要靠'奇迹'，那也太悲哀了！我不等了！我回去了！我终于认清了自己！"

他走了。回到水云间里，对窗外那"一湖烟雨一湖风"发着呆，沉思着自我的渺小与无能。

画展到了最后一天。忽然间，奇迹真的出现了。有个西装笔挺的中年男子，带着十几个职员进来看画，中年男子每看一张就点头，他一点头，后面十几个职员也跟着点头。他一说"好"，十几个职员就跟着说"好"。整个一圈画展看完了，他一口气买下了二十幅画！他对芊芊说：

"我是日本三太株式会社的副会长，我姓贾！我喜欢梅若鸿的画，他的画有风格，有特色！我们在杭州兴建了一个国际大旅社，需要很多的画！所以，一口气订下他二十张画！"

不曾讲价，不曾打折。因为已是画展最后一天，他把画当场带走,爽气地付了现款,总数竟有两百块钱!

芊芊简直不相信这个事实,太意外了。想了想,觉得事有可疑。哪里会有这样的事呢?一定是父亲可怜若鸿的失败,才导演了这样一幕!这样想着,她就先奔回家去问杜世全。杜世全满面惊愕,愣愣地说:

"有人来买了他二十幅画?二十幅吗?这人是疯子还是傻瓜呢?你在说笑话吧?"

芊芊把两百块钱放在杜世全面前,这下,杜世全眉飞色舞了起来,掩饰不住心中的喜悦:

"哈!梅若鸿这小子,随便涂几笔,居然可以卖两百块!怪不得他不肯坐办公厅了!"

芊芊察言观色,知道杜世全确实不曾导演这件事,这一下,喜上眉梢,再也无法控制自己。她反身就奔出了家门,一直奔到了水云间。

"若鸿!若鸿!你成功了!成功了!"芊芊拉着若鸿的手,又笑又叫又跳又转,"你的画卖出去了!二十幅!二十幅呀!《破晓》《奔》《云影》《不悔》……都卖掉了!卖了两百块钱呀……"

若鸿被她转得头昏脑涨,伸出手去,他摸摸她的前额:"没发烧呀!怎么会说胡话呢?"

"真的,真的啊!"芊芊大叫着,"我没有开你的玩笑,也不是在安慰你,这是千真万确的事实呀!是日本三太株式会社买去的!那社长说你的画有风格、有特色,他喜欢,他太喜欢了!"

"不可能的！"若鸿屏息地说，"不可能有这种好事，会降临到我这个倒霉蛋头上来的……"

"你看！你看，这儿是两百块钱……"芊芊摇着他、推着他，"你看呀！我已经回家问过爹爹了，因为我也有点不相信呀，生怕是爹安排的！但是，不是爹，是你的实力呀，终于有人慧眼识英雄了！"

若鸿有了真实感了，瞪着那沓钞票，再瞪着芊芊。他足足有好几分钟，无法动弹。然后，他猝然间大叫了一声：

"皇天不负苦心人！"

叫完，他一下子就把芊芊抱了起来，在房间猛转着圈子，一边转着，一边大笑着说：

"真有这样一个疯子，来买我二十幅画？我是画画疯子，他是买画疯子啊！他真是我的知音呀！管他是什么三太四太，是什么中国人日本人，我交了这个朋友！我交定了这个朋友！"他放下芊芊，喘着气，眼里闪闪发光，"我不要寂寞了，我不孤独了！我是得天独厚的天之骄子呀！有了画画，有了知音，又有了芊芊，我的人生，实在太美妙了！"

芊芊被他这样的狂喜感染着，简直说不出有多么欢喜。她拼命点着头，眼中充满了苦尽甘来的泪水。

第十五章

这天晚上,杜家大宴宾客,席开四桌,为了庆祝若鸿画展的成功。

杜世全最亲近的亲友们来了,四海曾同事过或帮忙过的人来了,"一奇三怪"来了之外,还把谷玉农也带来了……一时间,杜家热热闹闹,亲友们恭喜之声不绝于耳。福嫂、老朱、大顺、永贵、春兰、秋桂等仆佣,穿梭于众宾客之间,送茶送水,忙得不亦乐乎。

若鸿和芊芊,都盛装与会,若鸿穿着他最正式的长衫,看起来也风度翩翩。芊芊穿着件紫色碎花的上衣,紫色百褶裙,像一朵空谷中的幽兰。两人都喜上眉梢,容光焕发地周旋在宾客间。众宾客几乎都知道"文身""坠楼"等事,对他俩更加注目。两人心中都洋溢着喜悦,唯一的遗憾,是子璇和子默仍然没有参加。子璇是身体尚未康复,仍在休养中,但她托钟舒奇带来了她的祝贺。子默连祝福都没有,想来,他的"积恨"仍然难消。

酒过三巡,气氛好得不得了。大家又闹酒,又划拳,又干杯,又簇拥着杜世全,要他"讲几句话"。杜世全已喝得脸红红的,笑容满溢在眼底唇边。他举杯说:

"我只懂得船,这个画,我是不懂的!居然有那么多人参观,还有人出高价收藏,这实在是……哈哈!应该算是成功的画展了吧!总之,若鸿还年轻嘛!来日方长,希望他百尺竿头,更进一步!"

大家又鼓掌又叫好,这样短短几句话,已经表现出杜世全对若鸿的"承认",大家就更围绕着若鸿和芊芊,发疯般地闹起酒来。梅若鸿几杯下肚,就已经轻飘飘地,整个人都被欢欣和喜悦所涨满了,太高兴了,他站起来,就向大家举杯:

"谢谢你们大家,谢谢伯父,谢谢芊芊,谢谢醉马画会,谢谢!谢谢!谢谢!没有你们的支持和爱护,就没有今天的梅若鸿!我太激动了,太感激了!画画,是我从小的梦,这许多年来,画得非常艰苦,可是,现在,所有的泪水汗水,都化为喜悦和满足了!一个画画的,最重要的是要得到赏识和肯定,哪怕只有一个人也够了!我要敬三太株式会社的贾社长,可惜他已回日本,不能来参加宴会!我要敬伯父伯母、芊芊、醉马画会,我要敬每一个每一个人!"

大家又疯狂般地鼓起掌来,若鸿倒满酒杯,真的一一去敬。"一奇三怪"更是抓住他不放,猛灌他酒,有的说"嫉妒",有的说"羡慕",有的说"又嫉妒又羡慕"……闹了个没完没了。大家嘻嘻哈哈,喜气洋洋,真是欢乐极了。

就在这一团欢乐中,永贵忽然急步跑进客厅,对世全紧张地报告说:

"门外,汪子默先生带着两个人来了,他们推了一辆大板车,车上全是画,已经进了院子,汪先生说要找若鸿少爷!"

"子默?"若鸿一惊,酒醒了一半,立即就眉飞色舞了,"他来了!他还是赶来了!我就知道嘛,知音如子默,怎么可能不理我……"说着,他就放下酒杯,奔到外面庭院里去了。

"可是,老爷!"永贵不安地说,"那辆板车上,好像就是若鸿少爷卖掉的画!"当的一声,芊芊手上酒杯,摔碎在桌子上。她跳起身子,追了出去。这样一追,所有的人都觉得不对劲了,"一奇三怪"和谷玉农,全都跑了出去。杜世全、意莲、素卿、小葳跟着跑出去,然后,所有的宾客都跑出去了。

庭院中,子默昂首伫立,脸色阴沉。在他身后,两个随从推着一辆大板车等候着。

"子默,"若鸿有些惊疑了,"你……你……你是不是来参加宴会?"

"哼!"子默冷哼了一声,大声说,"梅若鸿,你认得这些画吗?"

子默抢过板车把手来,把那一车子画,全体倾倒了出来。一阵乒乒乓乓,画框一个接一个滚落于地,玻璃纷纷打碎。若鸿惊呼着:

"是我的画!怎么?是……我的画!"

子默把板车甩得老远,说:

137

"是的！你的画！现在，你该明白了，是谁一口气买了你二十幅画？"

"是谁？是三太株式会社……"若鸿说不下去了，酒意全消，脸色倏然间，变得比纸还白。一阵寒意，从脚底上升，迅速窜入他的四肢百骸，他发起抖来："不是你，不是你……我不相信……"

"就是我！"子默大声地说，"哈哈哈！画是我买的，人是我请去的，贾先生就是假先生，什么三太株式会社，在哪里？你看看这些画。"他一幅幅举起来："《奔》《沉思的女孩》《破晓》《不悔》……"他再一幅幅丢进画堆里。

"我的画！真的是我的画！"若鸿忍不住要上前去。

"站住！"子默大喝，声如洪钟，"你的画，我花钱买下来了，现在是我的画了！"他跨前一步，用手指着若鸿的鼻子，痛斥着说："你这个人，交朋友为了你的画，谈恋爱为了你的画。为了画画，你可以把友谊、爱情、责任、道义一齐抛下！我自有生以来，没有见过比你更自私、更无情的男人！我终于彻彻底底把你看透了！人生，已经没有任何事可以教你心痛的了！除非是……"

他停住了，从随从手中，接过一瓶煤油，就把那瓶煤油迅速地倾倒在画堆上。嘴里大声说：

"烧掉你的画！"

若鸿拔脚冲上前去，狂叫着说：

"子默……子默……不要……"

话未说完，子默已划燃一根火柴，丢进画里。轰的一声，火焰立刻蹿了起来，迅速地熊熊烧起。画框全是木制，噼里啪啦，烧得非常快，火焰蹿升得好高好高，把庭院照射出一片红光。夜色中，令人触目惊心。

整个庭院里的人全惊吓万分。一时间，叫的叫，跑的跑，躲避火焰的躲避火焰，要救火的要救火，大家乱成一团。

若鸿没命地冲上前去，不顾那熊熊大火，他抓起一张画，但被烫伤了，只好丢下，又去抓另一张，又被烫到了，再丢下，他再去抓一张，又去抓一张……火光映着他凄厉的脸，照红了他的眼睛，他的头发披散了，眼神昏乱，脚步踉跄，像一个中了几万支箭犹不肯倒地的疯子。

"若鸿！"芊芊飞扑上去，抓住若鸿的手，奋力地摇着，惨叫着，"你的手！你的手！你的手会烧伤呀！放手呀！放手呀……若鸿！"

"救火！"钟舒奇喊，"别让火烧到了房子……"

"永贵！大顺！"杜世全喊，"拿水来救火！快！"

"大家来救画呀！"叶鸣大喊。

陆秀山、钟舒奇、叶鸣、沈致文全冲上前去，想要救画，但火势非常猛烈，大家根本无法接近。

混乱中，老朱、大顺已带着众家丁，提着水奔过来，一桶桶水对画浇了上去。水与火一接触，一股股白烟冒了出来，嗤嗤作响。蒸腾的热气，逼得众人更往后退。芊芊死命摇着若鸿的手，终于甩掉了他手中一张燃烧着的画，水立刻淋上去，画与画框，全化为焦炭。

片刻之后，火势终被扑灭。那二十张画，全部变成焦木和残骸,兀自在那儿冒着烟,时时爆裂出一两声声响。四周的空气,沉寂得可怕,宾客们围了过来,个个惊魂未定,见所未见,都震惊已极地呆看着这一幕。

若鸿凝视着地上的焦木残骸,整个人似乎也变成了焦木残骸,好半天,他不言也不语。然后他晕眩地、踉跄地跌坐在那堆焦炭之前,用双手紧紧抱住自己的头,喉中干号着:"呦,呦,呦……"像一只被宰割的动物,正耗尽生命中最后一滴血。这惨厉的声音,使芊芊心魂俱碎,她扑跪上前,抱着他的头,凄声狂喊:

"不要这样!不要这样!若鸿啊……"

钟舒奇笔直地对子默走过去,双手握拳。

"子默,你太过分了!"

"过分?"子默冷冷地说,看着在地上干号的若鸿,"梅若鸿!你痛苦了?你也知道什么叫痛苦了?回想一下你所加诸在别人身上的痛苦,那么你现在所承受的,实在是微不足道!"

芊芊抬头,恨极地瞪向子默。然后,她跳起身子,就发狂般地扑向子默,疯狂地去捶他,打他,踹他,哭喊着说:

"你怎么可以做这样的事?怎么可以?你太可怕了!你简直比魔鬼还邪恶……你不知道若鸿是那样敬爱你,那样崇拜你,你的一句赞美就可让他升上了天啊!你说他画得好,他就快乐得像个孩子似的!他是那么重视你的友谊啊……你居然用一把火烧掉了他所有的画!你不只是烧他的画,你是烧掉他的生命啊!你怎能做这么残忍的事?你怎么做得出来呀……"

子默推开了芊芊,后退了一步,大声地说:

"我确实做了件残忍的事!但是,梅若鸿做了多少件残忍的事,他甚至连感觉都没有!"

说完,他掉头离去,两个随从,也紧跟而去。

杜世全看到这儿,颓丧、失望和惊愕,已使他无法承受。哀叹了一声,他脚步不稳地走回大厅里去。意莲和素卿紧跟着他,他倒进了椅子里,用一种不可思议的神情,呻吟着说:

"原来不是什么富商买他的画……原来只是他的好朋友买了他的画,买他的画,不是为了爱他的画,是为了烧他的画……唉唉!我不懂,这个世界,我已经完全跟不上了!可以为恋爱文身跳楼,可以为报复买画烧画……我被他们打败了……我输了!我输了!"

夜深了。

若鸿一直坐在那堆灰烬前面,用手抱着头,动也不肯动。宾客们都叹息着——散去。围绕着若鸿的,是"一奇三怪"、谷玉农和芊芊。他们想劝他进屋去,劝他治疗一下手上的烫伤,但他不肯移动身子,也不肯让人看他的手。永贵请了大夫来,他坐在那儿,就是不肯动,大夫才碰到他的肩,他就嘶吼地号叫起来:

"走开!不要碰我!谁都不要碰我!不要!不要!……"

芊芊心碎神伤,五内俱焚。她扑了过去,推开大夫,用力摇撼着若鸿,泪如雨下,一边哭着,一边大喊出声:

"你活着,为了画画!你的生命,为了画画!即使我这么强烈的感情,都不曾动摇过你画画的意志!但是,画画不能缺的,是你的狂热,你的眼睛,你的手……现在,你不让大夫治疗你的手,你预备废掉这双手吗?你预备一生不再画画吗?以前爹要废掉你的手,我不惜从楼上跳下来阻止,你忘了吗?"她哭着,用力去拉他的手腕,"起来!起来!我不许你这样子!我不许你停止画画,我不许你废掉这双手……我不许你放弃,从此,你的画画已不是你一个人的事,也是我的事!"她用尽全力,竟将他的手拉了下来,"为了我,你一定要继续画下去!为了我,你一定不能被子默打倒!为了我,你一定要振作起来,为了我,你一定要珍惜自己!"

这一番摧肝裂胆的呼唤,终于撼动了若鸿。他的手终于松开了,伸出手掌去,让大夫治疗。他的两只手都惨不忍睹,又红又肿,起了水泡。大夫急忙给他上药、包扎。片刻以后,他的两只手都缠上纱布,裹得厚厚的。大夫又开了口服的药,叮嘱了一大堆该注意的事项。然后,大夫走了。意莲吩咐着说:

"我把客房整理出来,让若鸿养伤,这个样子,是不能回去了。"

但是,若鸿挣扎着站了起来,身子摇摇晃晃的。钟舒奇、叶鸣等人急忙扶住。若鸿挣开了众人,萧索地站着,眼光直直地看着前方。

"我要回水云间去!"他简短地说。

"何苦呢?到了水云间,煎药也不方便,换药也不方便……弄点吃的也不方便……"叶鸣劝着说。

"我要回水云间去！"他重复地说。

"好吧！"沈致文说，"我们送你回水云间去！"

大家都去扶他，若鸿手一拦，大声说：

"谁都不要跟着我，我自己回去！"

说着，他就歪歪倒倒地，脚步蹒跚地往大门口走。

"你也不要我跟着你吗？"芊芊有力地问，"太晚了！我跟着你已经跟出习惯了！当全世界的人都遗弃你的时候，我跟着你，当你要遗弃全世界的时候，我也跟着你！"

于是，芊芊大步上前，扶着若鸿，坚定地走出去了。

第十六章

躺在水云间里，若鸿病倒了。

从小，若鸿就很少生病，十六岁离开家，自己一个人，流浪过大江南北，也曾远去敦煌，徒步走过沙漠……但是，他健康快活，几乎连伤风感冒都很少有。但是，这次，他病了。发着高烧，说着胡话，他有好几天都人事不知。只感到那一团熊熊的烈火，在烧炙着他每一根神经，要把他整个人烧为灰烬。在这种烧炙中，他痛，痛到内心深处，痛到骨髓里，痛到每根指尖，痛到每根纤维，痛到最后，他就放声喊叫了，但是，他的喊声，却是那样柔弱嘶哑，几乎完全没有声音。

在这段昏昏沉沉的日子里，他并不是全然没有知觉，他知道芊芊一直守候在床边，喂茶喂药，衣不解带。他知道"一奇三怪"和谷玉农都轮番前来守候探望。他知道子璇来过了，拿来好多珍贵的药材，和芊芊谈了好多话。他也知道中医西医，都曾在他床边诊视……然后，第五天早晨，他醒过来了。

芊芊坐在床边一张椅子里，上身扑在床沿上，已经倦极入睡。他注视着那张因消瘦而变得小小的脸庞和那细小的胳臂，胳臂上面，因跳楼而留下的疤痕仍然那么鲜明。他伸手想去抚摸那疤痕，才一抬手，就发现自己双手都裹得厚厚的。这双手，使他浑身迅速地通过一阵战栗，心中猛然一抽，抽得好痛好痛。这双手，把所有的回忆都带来了！宴会、子默当众烧掉的画……

他呻吟了一声，想把双手藏起来，却苦于无处可藏。这样一动，芊芊立刻醒了，她跳了起来，紧紧张张地说：

"水！水！水！我去倒水！"

她才举步，发现若鸿正凝视着她，她就停住脚步。她又惊又喜地扑过来，仔细地去看他，又去摸他的额。

"若鸿！"她小小声地喊，"谢谢天，烧已经退了！你怎样？你醒了吗？你完全清醒了吗？"

他瞪着她，深深抽了一口气，有气无力地说：

"你为什么不躲开我？你还看不出来吗？我这个人不是人，是个灾难！是个瘟疫！你快离我远一点，不要接近我，不要帮助我，让我去自生自灭！"

芊芊神色一松，竟然笑了起来。一面笑着，一面又落下泪来，她用双手把他紧紧一抱，喜悦地说：

"你醒了！听了你这几句话，就知道你没事了！谢谢天！谢谢天！"她吻着他的额，他的眉，他的眼，"你不只是灾难、是瘟疫,你还是个千年祸害!我要用我的全心全力,来保护这个祸害!现在,第一步,祸害该吃药了!"

她起身,去炉子边,熟练地把药罐里的药倒入碗内,双手捧到他面前来:

"不要再叫我远离你,逃开你!"她温柔而坚定地说,"我身上刻着你的印记,哪儿都不去了!再说,这几天,我日日夜夜守着你,我的贞洁已经跳到黄河里都洗不清了!如果你不要我,我就无处可去了!"

他瞪着她,什么话都说不出来了。

报复了之后的子默,又怎样了呢?

子默并不快乐。他的"痛快",也像那把火,烧完了就没有了。接下来要面对的,竟是整个画会的指责,和子璇强烈又悲愤的痛骂:

"你买了他的画,你又烧了他的画!你故意造成他画展的成功,让他活在狂喜里,你再烧了他的画,让他从狂喜中一下子跌进狂悲里!你策划这件事,执行这件事……你让我心寒!你一定不是我的哥哥汪子默,你被鬼附了身,才会做这么狠毒的事!"

"对!我是被鬼附了身,那个鬼就是梅若鸿!你们现在一个个都同情若鸿,那是因为他被击倒了,变脆弱了,可怜了!你们不要忘了,'一个可怜的人,必有其可恶之处'!如果他不是如此可恶,又怎会逼得我要用这么严重的手段来报复他!"子默大声辩解着。

"你可以打他、揍他、拿刀杀他,"陆秀山嚷着,"就是不能烧他的画！我们都是画画的，都是敝帚自珍、爱画成痴的人，你这样做，比要他的命还严重！"

"若鸿有再多的不是，也罪不及死呀！"叶鸣说。

"男子汉大丈夫，有什么过节，也要坦荡荡来面对。"沈致文沉痛地喊，"你是我们的榜样，我们的大哥呀！我们尊敬你，崇拜你呀！你怎可做这么绝情、冷血、而又阴险的事呢？"

"你真要烧他的画也不要紧，"钟舒奇吼，"你就到水云间去烧！怎么可以到杜家去烧！怎么可以在杜家亲友面前去烧！你要梅若鸿以后怎样做人，怎样面对杜家的老老少少……你一丝丝尊严都不给他保留！你太狠了！"

大家你一言我一语，把子默骂得体无完肤。子默终于站起身来，愤愤地一挥手：

"是！我不给他留余地，我不给他留面子！我用最狠毒的手段来报复他！你们别忘了，他曾经是我的兄弟呀！我爱惜他更胜于爱我自己！是怎样的仇恨才会促使我做这件事？那绝不是我一个人的仇恨可以办得到的！"他瞪着子璇，"那是梅若鸿，加上芊芊，加上你！是我们四个人联手创作出来的作品！里面也有你的笔迹，你赖也赖不掉！"他顿了顿，用更有力的声音问，"难道你不曾恨他，恨得咬牙切齿吗？"

"恨是一回事，报复是另外一回事！"

"我没有你那么高贵！那么宽容！"子默说，"有仇不报非君子！"

"请问，你这个君子，是不是很快乐、很满足了呢？"

子默没有回答。

子璇叹了口长气。忽然间,悲从中来。

"子默,"她悲切地说,"我们怎会变成这样?不是没多久以前,我们还一起游湖,吃烤肉,纵酒狂欢,怎么一下子,就变成了这样?"

她这样一说,子默蓦然间泄了气,旧时往日,如在目前,他痛楚地闭了闭眼。全画会的人,都默不作声,一种凄凉的气氛,就这样慢慢地笼罩了烟雨楼。

几天后,芊芊来到烟雨楼。

她当着子璇的面,当着"一奇三怪"的面,直接走到子默面前,把那两百块钱,重重地摔在桌上。

"这两百块钱还给你!"

子默大大地震动了一下,面对芊芊,他不能不心生歉疚与不忍。

"画我买了,钱是他该得的!"他说。

"若鸿这一生,过得乱七八糟,可能得罪了很多人,欠了很多人的债,但他过得很真实!他不会计算人,也不会钩心斗角!他的画,只卖给真心的人,不卖给'假(贾)先生'!"她正气凛然地说,眼中闪闪发光,"这个钱你拿回去!它上面沾满了卑鄙的细菌,我和若鸿,根本不屑于碰它!我们就是必须去讨饭,也不会用这个钱!"

子默紧紧闭着嘴,不说话。一屋子的人都静悄悄的。

"另外我还特别要告诉你,你那把火烧掉了画,烧掉了友谊,烧掉了若鸿的自信,也烧掉了我爹对若鸿的信心和对我们的承诺!"她点点头,郑重地说下去,"是的,他又否决了若鸿,认为我跟着若鸿,只会受苦受难,要我及早回头,悬崖勒马!所以,想重新争取他的承认,已经大不可能!你瞧,你这把火,烧掉的东西还真多,你该额手称庆,你真的达到目的了!"

子默静静地看着芊芊,无言以答。

"但是,子默,你这把火也烧出了我的决心,我决心马上要嫁给若鸿了!"她转向大家,"婚礼就在明天举行!地点就在水云间!舒奇、秀山、致文、叶鸣、子璇、玉农,我诚挚地邀请你们来参加我们的婚礼!因为没有双方父母的祝福,也没有其他任何一个亲友来参加。我们的婚礼,是天为证,水为媒,假若你们来了,我们就会'很热闹'了!"

大家都惊愕了,感动了,每人脸上,都浮现着惊喜交集、激动万分的表情。大家在芊芊脸上,都看到了毅然决然,一往情深的坚定。钟舒奇迈前一步,第一个开口:

"好极了!我一定来参加婚礼!不能只让天地为证,我要做你们的证婚人,免得将来有人提异议!"

"对对对!"谷玉农居然也接了口,"这婚姻大事,不管结婚离婚,只要有这'一奇三怪'作见证,就赖都赖不掉了!"

钟舒奇对谷玉农一瞪眼。

"你以为他们还会毁婚赖账吗?我只是预防杜伯父不承认,而且,有人证婚,也正式一点!"

"那么,我当男方介绍人!"陆秀山说。

"那么,我就当女方介绍人!"沈致文说。

"我当男傧相！"叶鸣说。

"那么，我就是女傧相了！"子璇欢声说。

"那么，我当什么？我当什么？"谷玉农问，"你们不能不算我，我一定要当一个什么……对了！主婚人，我可以当主婚人吗？"

大家都笑了，子璇拍拍他说：

"主婚人是他们自己，你当不了。但是，你可以当司仪，赶快去把结婚礼节，弄弄清楚！"她拍了拍手，兴高采烈地说，"好了！各位各位，明天有隆重的婚礼，大家都去准备一下，婚礼上该有的东西，一件也不要少！"她走过去，上上下下看芊芊，绽放了一脸的笑："你的新娘礼服，就包在我身上了！我有件白纱的洋装，正好改了给你做新娘装！你会是一个最美丽的新娘，等着瞧吧！"

"可是，新郎有衣服可配吗？"谷玉农问。

大家兴奋地讨论起来了，抓着芊芊，问长问短。这个有建议，那个有主张，一时间，满屋子的人声笑声，好不热闹。只有子默，被孤零零地扔在墙角，没有一个人注意他。他不禁想起若鸿常说的两句话：冠盖满京华，斯人独憔悴。

于是，这天早上，在水云间外的青草地上，芊芊和若鸿，举行了他们别开生面的结婚典礼。

一大早，"一奇三怪"、玉农、子璇就都来了。他们把整个水云间，贴满了大红的"囍"字，把床上破旧的棉被，全换上了新的。把那顶旧蚊帐，换成了大红的新蚊帐。把墙上的字画，换上大家写的吉祥话。子璇给芊芊穿上了她准备的白纱礼服，又用玫瑰花给她做了顶花冠。钟舒奇向朋友借了一套黑西装来，强迫若鸿穿上，居然十分合身。一对新人，被众人这样一打扮，真的是郎才女貌，一对璧人。

谷玉农在篱笆院上，挂了十几串鞭炮。叶鸣、沈致文早已把一张桌子，铺上了红布，放在西湖之畔。桌上，摊着结婚证书和各人的印章。

一切就绪，子璇扶着芊芊，叶鸣陪着若鸿，站在篱笆院的一角，谷玉农大声朗诵：

"结婚典礼开始！鸣炮！"

陆秀山、沈致文、钟舒奇全跑去点爆竹。鞭炮齐燃，一阵噼里啪啦，响彻云霄。十几串鞭炮纷纷响起，此起彼落，真是热闹极了。

"奏乐！"谷玉农再喊。

众人一阵混乱，原来每个人都身兼数职。叶鸣、沈致文、钟舒奇、陆秀山、谷玉农全奔到篱笆院外面去，原来他们五个人组成了一个小型乐队，有的吹喇叭，有的击鼓，有的敲锣，有的吹唢呐，有的摇铃……奏着结婚进行曲，走到那铺着红布的桌边。

谷玉农放下乐器，继续充当司仪：

"证婚人就位！"

钟舒奇急忙就位。

"介绍人就位！"

陆秀山、沈致文也就位了。

"伴郎伴娘带新郎新娘就位!"

子璇搀着芊芊,叶鸣忙去搀着若鸿,慢慢地走到红桌子的前方。

"证婚人朗读结婚证书!"

钟舒奇拿起桌上的证书,以充满感情的声调,清晰地、有力地、郑重地念了出来:

"秋风初起,蝶舞蜂忙,山光明媚,水色潋滟,梅若鸿与杜芊芊,谨于西湖之畔,水云之间,举行结婚典礼!是前世的注定,是今生的奇缘,教你俩相识相知复相爱,愿共效于飞,缔结连理。而今而后,苦乐与共,祸福相偎,扶持以终老,相守到白头!在此谨以天地为凭,日月为鉴,并有钟舒奇、沈致文、叶鸣、陆秀山、谷玉农、汪子璇等人在场见证!"

钟舒奇念完,众人立即爆出如雷的掌声。芊芊和若鸿相对凝视,恍在梦中。

"证婚人用印!"谷玉农继续喊。

每个人都上前去,慎重地盖了章。

"新郎新娘用印!"

芊芊和若鸿也盖了章。

"新郎新娘相对一鞠躬!"

一对新人照做无误。

"新郎新娘谢证婚人一鞠躬!"

"新郎新娘谢介绍人一鞠躬!"

"新郎新娘谢男女傧相一鞠躬!"

"新郎新娘谢乐队一鞠躬!"

"礼成！鸣炮！"

证婚人、介绍人、傧相都跑去点爆竹。鞭炮再度震耳欲聋地响了起来。

"奏乐！"

证婚人、介绍人、傧相一阵忙乱，再奔去充当吹鼓手。呜哩呜哩啦啦，呜哩呜哩啦啦……

"送入洞房！"

在鞭炮声中，喜乐声中，芊芊和若鸿被簇拥着，送进了那间水云间。

远远地，子默一个人站在西湖岸边，看着这一幕。他的脸色苍白，神情寥落，看着看着，眼角，竟不由自主地滑下了一滴泪。

第十七章

芊芊和若鸿,就这样在西湖之畔、水云之间,完成了他们的婚礼,开始了他们的夫妻生活。

这个"婚礼",使杜世全的愤怒,高涨到了无法压抑的地步。他再也没有想到,芊芊会用这样"儿戏"的方式,来处理她的终身大事。当芊芊和若鸿,去禀告他这一切的时候,他咆哮着说:

"不承认!我绝不承认你们这个婚礼!太可笑了!太荒唐了!我不可能承认,永远都不可能承认!"

"爹!"芊芊诚诚恳恳、真真切切地说,"不管你承认还是不承认,我已经是若鸿的妻子,这是铁的事实,再也无法更改了!我已经满二十岁,有选择婚姻的自由。若鸿是我的丈夫,就像你是娘的丈夫一样!你承认,我可以同时拥有父母和丈夫,我就是天下最幸福的女人了。你不承认,我就只有丈夫,没有父母了!"

杜世全瞪着芊芊,那么震动,那么痛心,那么生气,那么受伤,他一把握住芊芊的双臂,摇着她,大喊着:

"你为什么这样执迷不悟?你为什么完全不能体念一个做父亲的心?自从你和这个男人恋爱以后,我为你们提过多少心?扛过多少责任?收拾过多少烂摊子?我并不是不接受他,我努力要接受他,给他安排工作,给他开画展……我尽了我的全力!但是,他这个人,注定要带给人痛苦,注定要带给人悲剧!我看透了!他已经不可救药,而你,却千方百计,往这个火坑里跳!啊……我要怎样才能让你明白,我并不是盲目地在阻碍你的婚姻,我实在是要救你,免得你有一天摔得粉身碎骨!"

"爹!"芊芊固执地说,"你的好意我明白!但是,不管跟着若鸿,是怎样的火坑,我都已经跳下去了!请你以一颗宽宏的心,来接受我们吧!"

"不接受!永不接受!"杜世全指着大门,"你既然跟定了他,你就滚!我当作没有你这个女儿!滚……"

"不!"意莲惨叫着,"世全,你不要女儿,我还要呀……她也是我的女儿呀!"她抓着杜世全,哀求着,哭着:"接受了他们吧!接受吧!"

"不!永不!"杜世全甩开了意莲,"从今以后,不许接济他们,不许帮助他们,让他们在外面自生自灭!谁要是私下去帮助了他们,谁就离开杜家,再也别回来!"

"伯父!"若鸿听不下去了,走上前去,拉住芊芊,"你放心,我不会让芊芊饿死!跟着我,或者没有绫罗绸缎、锦衣玉食，但是，快乐幸福，恩爱美满，是不会缺少的！"

"好极了！那么，带着你们的快乐幸福，恩爱美满滚吧！不要让我再见到你们！"杜世全愤然说。

芊芊对杜世全和意莲跪了下去，咚咚咚连磕了三个响头。

"爹！娘！我从来不知道我在我的生命中，有一天要面临这样残酷的抉择！我必须告诉你们，今天我选择了爱情，并非舍弃了爹娘！在我心中，还是和以前一样爱你们！当你们有一天不再生我的气了，你们知道在什么地方可以找到我！爹、娘，我走了！"

她站起身来，挽着若鸿，毅然决然地大步而去。把泣不成声的意莲，哭叫姊姊的小葳，和怒吼连连的杜世全，一起留在身后了。

回到水云间，芊芊已不再有泪。她以无比的坚强，和充满了信心的眼光，热烈地看着若鸿说：

"我们大风大浪的恋爱，终于有了结果，从今以后，要从云端落到地面，脚踏实地地过日子！让我告诉你，你的责任就是画画！我不要你分一点点心，来担忧养家糊口这些事情。目前，我还有一些小积蓄，是我日常零用钱攒下来的，我们省吃俭用，可以支持一段时间。到了此时此刻，你也不必再计较，这个钱是你的我的还是我爹的，反正我们必须用它！等到用完的时候，我再来想办法，或者，那时你的画也有出路了！总之，你要画，画出你想要的那片天空！我嫁给你，为了爱你，为了支持你！我绝不允许自己变成你的绊脚石！

我对你有充分的信心,你是画坛奇才,我要帮助你,打赢这场人生的仗!"

他一瞬也不瞬地盯着她,整颗心都被热情涨满了,整个人,像鼓满风的帆船,恨不得立刻去乘风破浪。

"芊芊,"他一本正经地、感动至深地说,"我了解了!我都了解了!你放心,我不会辜负你!子默给我的侮辱,你爹对我的轻视,我都记在心头,一刻都不能忘!这场人生的仗,我非赢不可!不只为了我,而且为了你!"

芊芊深深地点着头,投进他的怀里,紧紧紧紧地拥抱着他。

就这样,芊芊和若鸿,开始了他们贫贱的夫妻生活。

芊芊去买了许多母鸡,养在篱笆院里。她对于"咯咯咯"的记忆一直深刻。她又在篱笆院外的空地上,种了许多蔬菜。一清早起床,芊芊就除草种菜喂鸡洗衣服,偶尔还在西湖湖岸钓钓鱼,没多久,她已经成为钓鱼高手,若鸿经常能吃到新鲜活鱼。当然,芊芊的烹饪技术,是一点一滴训练出来的,从煮饭不知道要放多少米,生火总是把满屋子弄得都是烟开始,到驾轻就熟,半小时就能做出三菜一汤。这之间,她足足用了六个月的时间,才锻炼成熟。

他们的日子,居然也这样过下去了。芊芊脱掉了华服,每日荆钗布裙,忙着洗衣烧饭,忙着柴米油盐。忙着清洁打扫,还要忙着整理若鸿的画具画稿。她忙来忙去忙不完,小屋内永远维持纤尘不染。而若鸿,他确实不曾为养家糊口担忧过、操劳过。他只画他的画,由早画到晚,由秋画到冬。

意莲并没有做到和芊芊断绝关系,她常常偷偷来看芊芊,给她送些吃的用的。看到芊芊亲自洗衣烧饭,还要种菜养鸡,她真是心疼到了极点。每回,她都要塞钱给芊芊,但是,芊芊严词拒绝了:

"当初被爹赶出家门,我就已经下定了决心,穷死饿死,也不能再接受家里的接济,你就成全我这点自尊吧!何况,假若给爹知道了,一定找娘的麻烦,家里有个卿姨娘,娘的日子已经不好过了,千万不能再为了我,和爹伤了和气!"

芊芊变得那么成熟,那么懂事,那么刻苦耐劳、无怨无悔。意莲在几千几万个心疼之余,是几千几万个无可奈何。

"一奇三怪"、子璇和谷玉农,都经常到水云间里来,有时,他们会带来酒菜,大家聚在一起,大吃大喝一顿。自从烧画事件以后,若鸿没有再跨进过烟雨楼。他和子默间的仇恨,已经无法化解。尽管子璇常说,子默早就忏悔了,苦于没有机会对若鸿表达。若鸿却听也不要听,谁对他提"子默"两个字,他就翻脸。因此,大家也就不敢再在他面前提子默。

子璇真是一个奇怪的女子,她和若鸿芊芊,成为真正的莫逆之交。芊芊私下里,又问过她有关孩子的事,她一本正经地说:

"等孩子长大之后,我会告诉他,他的父亲是谷玉农,因为玉农毕竟曾是我的丈夫,这样说,才不会让孩子受伤。我和玉农,都已经有了这个默契。至于孩子的爹到底是谁?我只有一句话要告诉你,他不是梅若鸿!"

"你这么说，只是出于对我的仁慈，对若鸿的宽容吧？"芊芊说。

"不要把我看得太神圣，我没有那么好，我既不仁慈也不宽容！我讨厌大家抢着要做孩子的爹，那只是提醒我一件事，我曾经有段荒唐放纵的日子，现在，荒唐已成过去，放纵也成过去！以后，我会为我的孩子，做一个母亲的典范！所以，这种怀疑，再也不许你们提起，甚至，不可以放在心里，你了解了吗？"

芊芊重重地点头，真的了解了。从此不再提对孩子的怀疑。子璇显然也把这篇话，对谷玉农和钟舒奇说过，这两个男人，也不再争吵谁是父亲，甚至彼此都不争风吃醋了。对于子璇，两人都竭尽心力地保护着、爱着。对那个未出世的胎儿，他们也很有默契地怜惜着。因而，谷玉农、钟舒奇和子璇间的关系变得十分微妙。他们似乎逐渐超脱了男女之情，走向了人间的至情大爱。

大家都在努力适应新的自我，追求理想中的未来。但是，若鸿的日子，过得并不好。从不停止地画画，变成为一连串从不停止地自我折磨。自从烧画事件以后，他的挫败感和自卑感就非常强烈，人也变得十分敏感和脆弱，他的自我期许那么严重，使他再也无法轻松地作画。和芊芊婚后，画画更成为一项"只许成功，不许失败"的"重任"。他失去了一向的潇洒、一向的自信，他被这"重任"压得抬不起头来，喘不过气来。在这种情绪下画画，他几乎是画一张，失败一张。他永远拿烧掉的二十张画作为标准，常常悲愤地扯着自己的头发，痛楚地嚷着：

"我再也画不出来了！我连以前的标准都达不到了！我最好的画已经被子默烧掉了，没有好画了，没有了！"

一边嚷着，他就一边撕扯自己的新作，把一张张画，全撕得粉碎。芊芊每次都忙着去抢画，着急地喊着：

"不要撕嘛！留着参考也好嘛！为什么你觉得失败呢？我觉得每张都好！"

"你这个笨女人！你对我只有盲目的崇拜，你根本不了解画画！你错了……你不该跟着我，我已经一无所有……"他用手抱住头，沙哑地呻吟着，"子默不只烧掉了我的画，他确实连我的才气也烧掉了，信心也烧掉了……"

芊芊见他如此痛苦，真不知该如何是好，她紧紧抱着他，吻着他。却无法把他的信心和才气吻出来。

这种"发作"，变得越来越频繁了。芊芊不怕过苦日子，不怕洗衣烧饭，却怕极了若鸿的"发作"。她对画也确实不懂，看来看去，都觉得差不多。因此，有一天，子璇和钟舒奇来了，若鸿正好出去写生了，她就迫不及待地把画搬给子璇看。子璇看了，默默不语。芊芊的心，就沉进了地底。钟舒奇纳闷说了句：

"经过这么久，若鸿的手伤，应该完全复原了！"

"哎呀！"芊芊一急，泪水就冲进了眼眶，"手上的创伤，是可以治疗的，心上的创伤，就是治不好！"她急切地看着子璇，"我好担心，我好害怕！若鸿……他始终没有走出子默带给他的阴影，他就是一直认为他再也画不好了！无论我怎么鼓励他,都没有用!"

"不要急,不要急,"子璇安慰地说,"他的功力还在,只是缺少了他原先的神来之笔……"

子璇的话还没说完,若鸿已从门外冲了进来,显然把这些对话全听到了。他奔上前去,铁青着脸,把所有的画都抱起来,抱到篱笆院里,乒乒乓乓地堆在一起,就去找火柴,找到了火柴,就忙着要烧画。

"烧了!烧了!"他嚷着说,"要烧就烧个彻底!烧个干净!最好的画,都烧了!何况是一批烂画!"

芊芊冲上前去抱住若鸿,不许他点火,拼命抢着他手里的火柴:

"不可以!若鸿!我不让你烧!在我心目中,你是最好的!你的画也是最好的!"

"什么是好?什么是不好?你到底会不会分辨?"若鸿奋力推开芊芊,暴怒地吼着,"所以我说你笨,你就是笨!我从没有见过像你这样幼稚的女人!"

"随你怎么骂我,我就是不让你烧!"芊芊哭着说,"这一笔一画都是你的心血,一点一滴都是记录!不管它好还是不好,我就是要留着它,我喜欢!我喜欢……"

若鸿退后一步,用手抱住头,崩溃了:

"停止停止!不要再对我说你喜欢,你的谎言像鸦片一样,只能让我越陷越深,让我上瘾,让我中毒……"

子璇和舒奇,面面相觑。子璇忍无可忍,奔上前去,用双手护住芊芊,指着若鸿的鼻尖,大骂着说:

"梅若鸿！你不要太没良心！你对芊芊吼叫有什么用？你画不好画，是你自己没本领！把你的一腔怨气，满怀怒火去对子默发作！不要对芊芊发作！你这样乱发脾气，烧画撕画，就能帮助你找回往日的才气吗？你就是逃避嘛！你用武装来逃避那个真实的自我……你太没出息了！"

"是啊是啊！"若鸿跌坐在地上，痛苦得不得了，"你说对了！我就是个逃兵，可是芊芊她不许我逃，我连躲避的地方都没有，我无处可逃，无处可容身啊……"

子璇瞪着他，说不出话来了。这晚，她回到烟雨楼，对子默沉痛地说了几句话：

"你成功了！你毁掉了若鸿，同时毁掉了芊芊！当若鸿不快乐的时候，芊芊也不会有好日子过！你已经烧掉了若鸿的才气、信心和骄傲，他终于被你打垮了！你也烧掉了芊芊的幸福！这样的'大获全胜'，不知你每天夜里，能不能安枕到天明？"

子默战栗地看着子璇，眼神忧郁到了极点。

这天，子默来到了水云间。

若鸿一看到子默，整个人都要爆炸了。芊芊吓了好大一跳，苍白着脸，对子默喊着说：

"你来干什么？验收你的战果吗？要把我们赶尽杀绝吗？你走！水云间永远不欢迎你！"

"若鸿！芊芊！听我说……"子默力图平静，几乎是谦卑地开了口，"我们都不是完人，当我们面对爱恨情仇的时候，我们谁都处理不好!谁都有自私、偏激、不理智,甚至可恶可恨的时候……我这一生,做得最差劲的事,就是烧了那些画,这件事和'死亡'一样,简直是无从'挽救'的……"

"我不要听你解释,我不要听你一个字!"若鸿双手握拳,扑上前来,两眼燃烧着怒火,他一把就揪住了子默胸前的衣服,吼叫着说,"这五年来,我把你当作我的良师、我的兄弟、我的挚友、我的家人!但是,我却被这样的兄弟杀戮得体无完肤!你的所作所为,对我而言,已经到了'匪夷所思'的地步!午夜梦回,想起我们所共度的那五年,我都会恨自己恨得咬牙切齿!你以为你现在来对我说两句'不是完人''爱恨情仇'的鬼话,就能把你那种卑鄙的行为,一笔勾销了吗?门都没有!"说着说着,他所有的愤怒和耻辱,全都汇合成一把大火,在体内熊熊烧起,无法遏制。他对着子默的下巴,就重重地挥出了一拳。

子默被揍得连退了好几步。芊芊惊呼了一声,站在旁边不知该如何是好。若鸿扑上前去,抓起子默,再是一拳。子默被打得跌倒于地,唇边,溢出了血迹。若鸿打得红了眼,扑上去,又对他踢了好几脚,再用膝盖抵住他的胸口,把他整个身子压在地上,他左一拳,右一拳,拳拳对他挥去。边挥边叫:

"你卑鄙!你下流!你无耻!你混蛋!你没有人性!你冷血!你这样千方百计要毁灭我……你不是人,你是魔鬼……"

芊芊害怕了,看到子默已被打得鼻青脸肿、嘴角流血……她扑过去要拉若鸿,喊着说:

"别打了！若鸿！你让他去吧！别打了！"

若鸿挣开了芊芊，继续对子默挥着拳。子默闪避不开，又挨了好几下，子默喊着说：

"梅若鸿！你打！你打！你如果非揍我几拳才能泄恨，那你就尽管揍吧！算我欠你的！"

"我不只想揍你，我想杀你！我想乱刀杀了你！"若鸿双手乱七八糟地对他又劈又砍，好像双掌都成了大刀似的，"你太狠了！太毒了！你明知道那些画是我的生命！你故意烧了它们！你这么阴险，要整个毁掉我的生命！我的艺术……"子默再也不能忍耐了，他用力推翻了若鸿，从地上弹起了身子，对若鸿挥舞着双手：

"你有种就不要被我摧毁啊！你有种就再画啊！你有种就不要中了我的阴谋啊……为了几张画，你就终日惶惶不安，失魂落魄，一蹶不振，信心能力全没有了，你真让我轻视呀……"

若鸿像是挨了当头一棒，整个人都震动着，睁大了眼睛，他怒冲冲地瞪着子默。

"每一个画家，无时无刻不是在想着，如何超越自己！只有你！成天只在追悼那过去的二十幅画！简直是毫无骨气！你要真是个男子汉，你就对我狂笑啊！对我说：汪子默，你别得意！你毁掉的不过是我最差的二十幅画！我梅若鸿往后的生命里，还不知道要画出多少旷世名作来呢！你对我吼啊，对我叫啊，停止开追悼会啊！"

子默喊完，掉转身子，大步而去。

若鸿完全呆住了,他一动也不动地站在寒风之中,怔怔地看着子默远去的背影。芊芊站在一旁,也不敢移动,不知道若鸿会不会再大发作一番。

若鸿没有再发作,似乎对子默的一阵拳打脚踢,已耗尽了他的体力。他这一整天,都非常安静,安静得没有一点点声音。

当晚,他画了一张画,是烧画以来,最得意的一张。题目叫《灯下》,画的是芊芊,坐在一灯如豆的光晕下,为若鸿缝制着衣裳。她脸上,充满了爱的光华。

他,又能画了。

第十八章

　　时间，就这样慢慢地过去了。冬天，下了好大一场雪。西湖在一片白雪茫茫中，真是美极了。杭州人有三句话说："晴湖不如雨湖，雨湖不如月湖，月湖不如雪湖。"真是一点也不错。湖面的冰雪，蒸腾出一片苍茫的雾气。远处的山头，像戴了一顶顶白色的帽子。苏堤和那六座拱桥，是横卧在水面的一条白色珠链。而湖岸那枝枝垂柳，挂着一串串冰珠，晶莹剔透，光彩夺目。随意望去，处处都是画。难怪若鸿冒着风雪，也不肯停下他的画笔。

　　二月初十那天，子璇在慈爱医院，顺利生产了一个儿子。醉马画会的"一奇三怪"，全是孩子的干爹。为了给孩子取名字，大家经过一番热烈的讨论，最后，子默为孩子取名叫"众望"，他说：

　　"这孩子在这么多人的期盼、祝福中诞生，将来也会在这么多人的关爱中长大，然后，怀抱着众人的希望和梦想去飞翔，去开拓他的人生，他真是世界上最幸福的孩子了！所以，就给他取名叫'众望'，好不好？"

大家都说好，众口一词，全票通过。小众望在众多"干爹"的怀抱里，被抢着抱来抱去。大家嘻嘻哈哈，非常兴奋。醉马画会失去的欢乐似乎又回来了。

若鸿和芊芊得到消息，也赶到医院里来看子璇和孩子。正好"干爹们"刚为众望取了名字，全部在场，子默也在，加上若鸿和芊芊，那间病房真是热闹极了。若鸿看着那珠圆玉润的孩子，心中十分悸动。他抬眼再看子璇，她靠在床上，面色红润，神采飞扬。子璇眼中，满溢着初为人母的喜悦，和一份前所未有的祥和。若鸿一直认为子璇是个风情万种的女子，但，从没有一个时刻，她显得这样美丽！

"哈哈！"谷玉农笑得合不拢嘴，"你们来晚了一步，没看到我们刚刚热烈抢着取名字的盛况，太可惜了！"

"取名字？"若鸿心动地说，"怎么不等我们一下，结果怎么样？"

"结果，舅舅做结论，取作'众望'，我们这些干爹取的都自叹弗如，就都无异议通过了！"钟舒奇笑着说。

"众望？"若鸿把孩子抱入怀中，紧紧地凝视着孩子，在全心灵的震动下，不禁看得痴了，"很好！很好！众望所归……众望所归……"

芊芊挤在若鸿身边，也去看孩子。孩子浓眉大眼，长得非常漂亮，初生的婴儿，看不出来像谁。但，芊芊心有所触，百感交集。

"子璇，"若鸿请求似的说，"可不可以让我也做孩子的干爹呢？"

"太好了！"子璇笑得灿烂，"众望又多一个干爹了！他真是得天独厚呀！"

"那么，"芊芊柔声说，"我就是理所当然的干娘了！他有好多干爹，但是，只有我一个干娘呢！"她从若鸿手中接过孩子，亲昵地拥在怀中，眼眶竟湿润了。把孩子交还给子璇，她情不自禁地握着子璇的手，感动地说："子璇，我好钦佩你，我好敬重你！你实在是我见过的女性中，最勇敢，最不平凡的一个！"

"呵！"子璇大笑起来，拍着芊芊的手，"彼此彼此！这句话正是我想对你说的呢！看样子，咱们两个，惺惺相惜！这巾帼双杰，非我们莫属了哦？我们两个，已把惊世骇俗的事，全做尽了！他们那'一奇三怪'，真是平淡无奇，都该拜下风，是不是呀？"

这样一说，"一奇三怪"全鼓噪起来，怪叫起来。满屋子笑声，满屋子欢愉。子默就趁此机会，一步走上前去，对若鸿伸出了手，诚挚而歉疚地说：

"若鸿！在这新生命降临的喜悦中，在这充满了爱，充满了欢乐的一刻，我们讲和了吧！看在众望的分上，让我们的是是非非、恩恩怨怨，都随风散去了吧！"

若鸿侧着头想了想，唇边已有笑意，但，他退后了一步，没有去握子默的手。他说：

"我不能这么容易就算了，我偏不和你握手，我偏要你难过,偏要你良心不安,等我哪天高兴了,才要原谅你!"

三月,又是桃红柳绿的季节。

若鸿一早,就兴冲冲地带着画架,骑上脚踏车,出门写生去了。他最近画得非常得心应手,常有佳作,兴致就非常高昂。出门时,他对芊芊说:

"我觉得今天灵感泉涌,有强烈的创作欲,我要去画桥,画各种大小曲折的桥!"他注视着芊芊,热情地说,"你知道吗?'桥'真是世界上最美的东西,它躺在水面上,沟通着两个不同的陆地,把桥这一端的人,送到桥的那一端去!太美了!你和我也是这样,被那座望山桥给送到一起的!"

说完,他骑上车就走,芊芊笑着,追在后面喊:

"你得告诉我,中午在哪一座桥,我才能给你送饭去啊!"

"我也不知道哒,兴之所至,走到哪里,就画到哪里!不过,我肯定会去画望山桥!"

若鸿走了。芊芊开始忙家务,洗好了早餐的碗筷,铺床叠被,把脏衣服收进竹篮里……再去整理若鸿散落在各处的画纸画稿,她心情愉快,嘴里哼着歌:山呀山呀山重重,云呀云呀云翩翩,水呀水呀水盈盈,柳呀柳呀柳如烟……

忽然有人敲着门,有个外地口音的女人,在问:

"请问有人在家吗?"

芊芊怔了怔,又听到一个女孩子的声音在问:

"请问这儿是水云间吗?"

芊芊纳闷极了,走到门边,打开了那两扇虚掩的门。于是，她看到门外有个中年妇人，三十余岁，手里牵着个十岁左右的女孩子。那妇人衣衫褴褛，穿着件蓝布印花衣裤，梳着发髻，瘦骨嶙峋，满面病容，背上背着个蓝布包袱，一脸的风尘仆仆。那孩子长得眉清目秀，大双眼皮的眼睛似曾相识，也是骨瘦如柴，也是衣衫破旧。背上，也背着个包袱。就这样一眼看去，芊芊已经断定两人都走了很远的路，都在半饥饿状态之中。

"你们找谁？"芊芊惊愕地问，水云间不在市区，很少有问路的人会问到这儿来，"这里就是水云间！"

"娘！"小女孩雀跃地回头看妇人，一脸的悲喜交集，大喊着，"找到了呀！我们总算找到了呀！"

"是！是！找到了！"那妇人比小女孩收敛多了，她整整衣衫，有些拘泥，又有些怯场地看着芊芊，"对不起！我们是来找梅若鸿先生的，请问他是不是还住在这里？"

芊芊不知怎的，觉得背脊上发冷了：

"是！若鸿就住在这儿，他现在出去了，你们是谁？"

小女孩欢呼了一声，抓着妇人的手，摇着，叫着：

"娘！找着爹了！找着爹了！"

芊芊的心脏，猛地一跳，差点儿从口腔里跳出来。定睛看去，那妇人正在抹眼泪，那泪水似乎越抹越多，抹花了整张脸孔。芊芊颤抖地问：

"什么爹啊娘啊？你们到底是谁？"

"我们是从四川泸县来的！"那妇人又激动、又兴奋、又虚弱地说，"足足走了三个多月才走到这儿，在西湖边绕了好几圈,遇到个学生,才说这儿有个水云间!"她说得语无伦次,"我的名字叫翠屏,这孩子叫画儿,我们从若鸿的老家来的……我带着画儿来找她爹,只要让他们父女相见,我就对得起若鸿的爹娘了!"

芊芊如同遭到雷击,顿时感到天昏地暗。她把房门一让,对那母女两个匆匆地说了一句:

"你们进去等着,我去找若鸿回来!"

芊芊拔脚就冲出了房门,冲出了篱笆院。她开始沿着西湖跑,一座桥又一座桥地去找。幸好若鸿提到望山桥,她终于在桥边找到了他。不由分说地,她抢下了他的画笔画纸,气急败坏地说:

"你跟我回去!你马上跟我回去!"

若鸿看到芊芊脸色惨白,眼神慌乱,跑得上气不接下气,吓了一大跳,直觉地以为,水云间失火了。新画的画又被烧掉了!他顾不得画了一半的桥,他带着芊芊,两个人骑上脚踏车,飞也似的回来了。远远看到水云间依然屹立,他就松了一大口气说:

"又没失火,你紧张什么?"

"我宁愿失火!"芊芊大叫,"我宁愿天崩地裂!就是不能忍受这个!你进去看!你进去!"

若鸿跟着芊芊,冲进了房门。

翠屏带着画儿,从椅子中急忙站起。大约起身太急了,翠屏的身子摇摇晃晃的,差点儿晕倒。画儿急忙扶住了翠屏,母女两个,都那么苍白,那样弱不禁风,像两个纸糊的人似的。她站在那儿，两对眼睛，都直勾勾地看着若鸿。

若鸿整个人都傻住了，他张大了眼睛，震惊已极地注视着翠屏，动都不能动。

"若鸿！"芊芊喊，"告诉我，她们是谁？"

翠屏见若鸿只是发怔，一语不发，就抖抖索索地开了口：

"若鸿，你不认得我了？我是翠屏呀！"

若鸿面如死灰！翠屏！这是翠屏！怎么可能呢？他的思想意识，一下子全乱了。瞪着翠屏，他仍然不动不语。

"我是翠屏呀！"翠屏再说了句，情不自已地上前，用热烈的眼神，把若鸿看个仔细，"你长大了！个头变高了！脸上的样子也变了！变成大人样了……"她激动地说着，又去擦眼泪，擦着擦着，就去摸自己的面颊，羞怯地说："你长大了！我……我变老了！所以你都不认得我了！我……一定老了好多好多……"

"翠屏？"若鸿终于发出了声音，颤抖地、不能置信地，"你怎么会来杭州？太不可思议了！太突然了！我实在来不及思考，到底，是怎么回事呢？"

"五年前，你有封信写回家，信上的地址是'杭州西湖边水云间'，当时我们就请村里的李老师写了好多封信给你，都没有回信，这次我就这样寻来了！"她说着，"若鸿！"她又拉过画儿来，急急地解释，"这是画儿，是你的女儿！你从来没见过面的女儿！你离家的时候，我已经怀了两个月的身孕了，连我自己也不知道！画儿是腊月初二生的，已经十岁了。乡下太苦了，她长得不够高，一直瘦瘦小小的！她的名字，画儿,是爷爷取的,她爷爷说的,你自小爱画画,离开家也是为了画画,就给她取了个小名叫画儿,我……我好对不起你,没给你生个儿子……可画儿自小就乖,好懂事的……这些年你不在家,我还亏得有个画儿……"

翠屏一说就没停,若鸿的目光,情不自禁地被画儿吸引了,画儿那么热烈的眼光,一瞬也不瞬地盯着若鸿看。瘦瘦的小脸蛋上,那对眼睛显得特别大,漆黑晶亮,里面逐渐被泪水所涨满。

"画儿……"若鸿喃喃地说,精神恍惚,"我有个女儿?画儿?画儿?"

翠屏把画儿推上前去。

"画儿!快叫爹呀!"

画儿眼泪滴滴答答滚落,双手一张,飞奔上前,嘴里拉长了声音,充满感情地大喊:

"爹……"

若鸿太震动了,张开手臂,一把就紧紧地拥住了画儿。画儿匍匐在他怀中,抽抽噎噎地说了句:

"爹!我们找你找得好苦呀!"

父女紧紧相拥,都激动得不知如何是好。

芊芊看着这一幕,已经什么都明白了。在巨大的悲痛和震惊之中,还抱着一线希望,这是个错误!不到黄河心不死,她要听若鸿亲口说出来!

"若鸿,"她重重地喊,"你告诉我,你必须亲口告诉我!她们是谁?你说呀!你说呀!"

翠屏惊吓地看了一眼芊芊,似乎此时才发现芊芊的存在。画儿怯怯地紧缩在若鸿怀中。若鸿苦恼地抬起头来,在满怀激动中,已无力再顾及芊芊的感觉。

"芊芊,没办法再瞒你了,翠屏她……她是我家里给我娶的媳妇儿,那年我才只有十五岁……乡下地方流行早婚,所以,我还是个小孩子的时候,就和翠屏拜了堂……"

芊芊睁大了眼睛,拼命吸着气。半晌,她才悲愤交加,痛不欲生地大吼了出来:

"梅若鸿!原来你是这样的人,我总算认清你了!你停妻再娶,到处留情,到今天已经是'儿女成双'了!梅若鸿!你置我于何地?"

喊完,她掉转身子,就飞奔着跑出房门,跑过院子,跑出了篱笆院……狂奔而去。

"芊芊!芊芊!"若鸿推开画儿,拔脚就追,"芊芊!你等等!你听我说……"

翠屏看着这一切,小小声地说了句:

"这是你的新媳妇……糟糕,我气走你的新媳妇了!"说完,她双腿一软,整个人就摇摇欲坠。

"爹!爹!"画儿大叫着,"娘不好了!娘晕过去了!你快来呀……"

若鸿大惊,又跑了回来,翠屏已晕厥倒在地。画儿扑在她身边,着急地摇着喊着。若鸿扑奔上前,狼狈地抱起翠屏,感觉到她身轻如燕,心中不禁紧紧一抽。把她放在床上,他心乱如麻,头昏脑涨。只见翠屏气若游丝,面白如纸。他更是惊慌失措，觉得自己的世界，已整个大乱。乱得天翻地覆，不可收拾。此时此刻，他实在是没办法去追芊芊了。

若鸿正在惊怔中，画儿已经急急忙忙地解开了自己的包袱，从里面拿出一瓶药水来，又拿出自备的小匙，就走到床边，对若鸿说：

"爹，你不要着急，娘就是这样子，常常走着走着就晕倒了，我们一路都配了药，熬成药水随身带着！来，你扶住她的头，我来喂她吃药！"

若鸿慌忙扶起翠屏的头，画儿熟练地喂着药，不曾让一滴药溢出。喂完了，让翠屏躺下，画儿说：

"我看到水缸里有水，我可以舀盆水给娘洗脸吗？"

"当然，你可以！可以！"

画儿去舀水，舀着舀着，发出一声惊呼：

"爹！你有白米吔！好多白米吔！"接着，她一抬头，发现架子上有一碗鸡蛋，这一惊更非同小可，"爹！你这儿还有鸡蛋！"她舀了水过来，熟练地用一条冷毛巾，敷在翠屏的额上，就用闪亮的眸子，渴望地看着若鸿说："我等下可不可以煮一锅白米饭给娘吃？我们有好久没吃过白米饭了！还有那些鸡蛋……"她大大喘口气，"可不可以吃呢？"

"可以！可以！可以！"若鸿一迭连声地说，心脏就绞痛了起来，"你们一路都没有东西吃吗？"

"在家乡就没有东西吃了！两年前，一场大水，把什么都淹掉了……"

画儿正说着，翠屏已悠悠醒转。看到自己躺在床上，看

到若鸿焦急的眼光,她就急忙起床,整整衣襟,四面张望了一下,不见芊芊,就羞怯地、抱歉地说:

"我又给你添麻烦了!真对不起!"

若鸿伸手去拦她。

"你起床干什么?刚刚才晕倒,还不躺下休息!"

"不要紧!不要紧!老毛病,现在已经缓过劲来了!好多事要跟你交代呢!不说不行呀……"她摸索着下了床,穿上鞋,走到桌边去。

"娘!我去煮饭!"画儿兴奋地说,"我再蒸一大碗鸡蛋给爹和娘吃!"说着,就跑到灶边去,非常利落地找米下锅,洗米煮饭。若鸿看得傻住了。

翠屏把自己的包袱打开,恭恭敬敬地从里面捧出了两面小小的牌位,双手捧给若鸿:

"若鸿,我终于把爹娘的牌位,交到你手里了,这样,我离开的时候,也比较没有牵挂了!"

若鸿如遭雷殛,双手捧过牌位,浑身都发起抖来。

"牌位?"他喃喃地说,"爹娘的牌位?他们……他们都不在了?怎么会?他们还年轻,身体都硬朗,怎么会?怎么会?"

"就是两年前,家乡那场大水灾,田地都淹没了,没吃没喝的,跟着就闹瘟疫,饿死的饿死,病死的病死,爹就在那次天灾里,染上痢疾撒手归西了,大哥和小妹,也跟着去了……"

若鸿瞪大眼睛,再也无法承受,剧痛钻心,眼泪直掉。

"家里的日子，真是不好过，"翠屏继续说，"二哥三哥见没法营生，就离开家乡走了。娘受不了这一连串打击，没多久也卧病不起了。最后，只剩下我和画儿了！"

若鸿惊闻家中种种变故，真是心碎神伤，无法自已。他将牌位捧到书桌上并列着，就崩溃地跪了下来，对着牌位磕头痛哭：

"爹——娘！孩儿不孝，你们活着的时候，我未能在身边尽孝道，死的时候，未能赶回家乡送终！家里发生那么多事，我却始终不知不晓、不闻不问！我真是太对不起你们了！你们白白给我受了教育，我却变成这样不孝不悌不仁不义之人了！爹娘！你们白养了我，你们白疼了我！"

翠屏见若鸿如此伤心，也陪在旁边掉眼泪。掉了一阵泪之后，她才振作了一下，又对若鸿说：

"娘走了之后，我的身子就越来越差了，去年年底，大夫跟我说……"她压低了声音，不让正在烧饭的画儿听到，"我挨不过今年了。所以，我再也没法子了，我必须把画儿和爹娘的牌位交给你！……所以，我们才这样山啊水啊地来找你了……"

"什么？"若鸿大惊，抬头看着翠屏，"不会！不会！"他大声说："你已经到了杭州了，我给你找最好的大夫，吃最好的药！不管你生了什么病，我会治好你，我一定会治好你……"他喉中嘶哑，各种犯罪感，像一把利刀，把他劈成了好多好多碎片："翠屏，你找到我了，你不要再东想西想，让我来吧！"

"可是，你已经有了新媳妇了！"翠屏温婉而认命地说，"她长得好标致，跟你站在一起，真是再般配也不过了！我……我又丑又老，又生病，我这就收拾收拾回乡下去，不打扰你们了！画儿，就交给你了！"说着说着，她就开始整理包袱，把画儿的衣服拿出来，把自己的再包回去。

"你要做什么？"若鸿问。

"我马上就走，再耽搁，天就黑了！"

画儿已淘好米煮上了，一转身，听到翠屏的话，吓得魂飞魄散。奔过来，她就一把抱住了翠屏，哭着大喊：

"娘！你去哪里？你去，我也跟你一起去！"

"画儿！"翠屏扯着她的手，"娘把你交给你爹了，以后跟着爹好好过日子，要孝顺爹，要听那个什么什么阿姨的话……"

"不要！不要！"画儿狂叫着，抬起满是泪痕的脸，看着若鸿，"爹！求求你不要叫娘走！求求你！爹！你知道我们这一路怎么走过来的？多少次我和娘都以为永远走不到了！我们的脚磨破了，起水泡了，好几天饿得没东西吃，上个月遇到大风雪，把我和娘刮到山崖底下去，晚上又冷又饿，娘只能抱着我，两个人一起发抖到天亮……每次走不下去了，快要死掉了，娘就和我说：没关系，快找到爹了！找到爹就好了！……爹，我们终于找到你了！可是，你怎么不要我们呢？"

"画儿！"若鸿掉着泪痛喊，"爹没有不要你们！爹要的！要的！一定要的！"他扑上前去，一把就扯下了翠屏手中的包袂:"你哪里都不许去!你给我躺下,好好静养,好好休息,什么话都别说了!"

"可是,若鸿,你那个新媳妇会生气的……"

"那……那是我的事!"他注视着翠屏,"你听我还是不听我?"

"听!听!听!"翠屏慌忙说,一直退到床边去坐下,眼光怔怔地、温驯地凝视着若鸿。那种"丈夫是天"的传统信念,使她什么话都不敢再说了。

画儿定了心,就忙忙碌碌地去摆碗筷。那米饭的香味,弥漫在室内。若鸿看着碗筷,想到芊芊了。芊芊这名字,又是一把尖利的刀,刺进内心深处去。芊芊,芊芊,我用什么面目来见你呢?用什么立场来对你说话呢?

第十九章

芊芊已经无家可回,也无处可去,她只能去一个地方:烟雨楼。因而,这天下午,整个醉马画会,都知道梅若鸿的事了。大家都那么惊奇,因为和若鸿认识五年来,从来没人听说过他在老家有妻子。见芊芊哭得像泪人一般,人人不禁痛骂若鸿。谈起芊芊和若鸿"结婚"的经过,更是群情激愤。子璇拥住了芊芊,不住拍着她的肩,说:

"不管怎么样,我们会支持你!相信我!这儿全是你的朋友,我们会帮助你,不会袖手旁观的!你先在我这儿住下来,看若鸿要怎样给你一个交代,给大家一个交代!"

"我不敢相信这件事,"陆秀山跳起来说,"我要去水云间,看看若鸿那个老婆和孩子!"

"我跟你一起去!"叶鸣说。

"我也去!"沈致文说。

"要去,就大家一起去!"子默说。

结果，醉马画会全体会员，包括了谷玉农，全都去了水云间，把芊芊留在烟雨楼照顾众望。

他们去了很久，回来的时候，人人脸色沉重。他们没有告诉芊芊，因为翠屏又晕倒了，所以大家忙着找大夫、治病、抓药、熬药……忙了大半天。大夫说，翠屏已经病入膏肓，不久人世了。画儿天真地以为，有大夫了，有白米饭了，有爹了……娘就"一定一定"会好的！那种天真和喜悦，使每个人都为之鼻酸。而若鸿，眼睛红肿，眼白布满了血丝，头发凌乱，神色仓皇，真是说有多狼狈就有多狼狈。他追在大夫身后，不住口地说：

"你救她！你治她！不论要花多少钱，我去赚！我去拉车，我去做苦力！我给她买最好的药！你不要管价钱，你只要开方子！你一定要治好她的病！"

医生开了方子，又是射干，又是麻黄，又是当归，又是人参……子默一看，就知道药价不轻。当下，就拉着众人，把身上的钱都掏出来，凑给若鸿先应急。若鸿此时，已不再和子默闹脾气，也不再推三阻四，拿了钱就去抓药。翠屏勉强支撑着虚弱的身子，还想起身招待众人。画儿倒茶倒水，又照顾爹又照顾娘，像个小大人似的。众人原是去水云间，准备兴师问罪的，结果，看了这等凄惨状况，竟无人开得了口。最后，子璇才对若鸿说了一句：

"今晚，你最好抽空来一趟烟雨楼，芊芊在我那儿，以后到底要怎么办？必须好好地谈一谈！"

晚上，若鸿赶到了烟雨楼。走进大厅，只见众人都在，只是没见到芊芊。

"芊芊呢？"若鸿痛苦地问，"她不要见我，是不是？"

"芊芊太生气了，她实在没有办法面对你！"子璇说，"我们都曾目睹，她为了和你这段感情，怎样上刀山，下油锅，拼了命去爱，现在，你如果不给她一个合理的交代，我们都为她抱不平！"

"你为什么不早说呢？"子默问，"你为什么要隐瞒家里有老婆这件事呢？"

"我不是故意隐瞒！"若鸿心慌意乱地说，"我只是以为，翠屏属于太早的年代，去提它，没有什么特别的意义！那年，我才十五岁呀！十五岁根本是个孩子，家里弄了个大姑娘来，叫我拜堂，我就拜了堂！十六岁我就离开家乡，这才真正开始我的人生！我一直认为，十六岁是我生命中的一个分水岭，十六岁以前和十六岁以后，完全是两个时代！两个时代怎么会混为一谈呢？十六岁以前，遥远得像上一辈子，是我的'前生'，十六岁以后，才是我的'今生'呀！我怎样都没想到，'前生'的翠屏，会跑到'今生'来呀！"

众人听得一愣一愣的，都瞪大了眼。

"所以，你就把翠屏完全给忘了？"子璇问。

"也不是这样，她常常在我脑中出现，她的名字，也常常冲到了我嘴边，我几次三番都想对芊芊说，又生怕造成对芊芊的伤害，就咽下去了。你们记得，以前大家说要集体追芊芊，只有我退出，我说我是'绝缘体'，好端端的，我为什么说自己是'绝缘体',就因为翠屏在我的记忆里呀!"

"原来,'绝缘体'三个字,代表的意思是'我已经结过婚了',这种哑谜,我想全世界没有一个人猜得透!"钟舒奇跌脚大叹,"现在,弄成这样的局面,你到底要怎么办呢?"

若鸿痛苦莫名,喟然长叹,咬咬牙说:

"弄到这个地步,我已经里外不是人,怎么做都是错!我完全不敢奢望芊芊的谅解,因为,仅仅是谅解还不够,你们都见到了翠屏和画儿,病妻弱女,饥寒交迫地来了!翻山越岭,千辛万苦地来找寻我这个唯一可依靠的人!我这一生,过得如此自私,不曾对父母兄弟、朋友、家人……负过一点点责任……此时此刻,我如果选择了芊芊,遗弃翠屏,那,那我还算个人吗?还有一点点人性吗?"

"这么说,"叶鸣冲口而出,"你选择了翠屏,放弃了芊芊吗?"

"你要芊芊到哪里去呢?"陆秀山急急接口,"她已经山为证,水为媒,被我们这些脑筋不清不楚的大小'醉马',作傧相、作人证地嫁给你了!你现在可不能说不管就不管!"

"我给你一个建议,"谷玉农往前迈了一大步,认真地说,"你学我吧!你赶快和翠屏办个离婚手续,离了婚,你还是可以照顾她,就像我还不是照顾子璇,爱护众望……离婚手续也很简单,像我上次一样……"

若鸿挺了挺背脊,痛楚地吸了口气。

"我如果和翠屏离婚,那比杀掉她还残忍!她脑筋单纯,会以为被我'休了'!她代我尽孝,侍奉双亲,代我抚育画儿，十年含辛茹苦，我不能恩将仇报，去休了她！何况，她现在病成这样，哪里禁得起这种打击？而芊芊……"他顿了顿，心痛已极地闭了闭眼睛，咽了一口口水，"她毕竟年轻、健康、又美丽……"

芊芊不知何时已经站在房门口，面色惨白如纸。

"所以，我禁得起打击！"她冷冷地、凄厉地接口，"我对你无恩无义，所以，你可以把我休了！"

众人都惊讶地抬头，看着芊芊。

若鸿大大一震，深刻地注视着芊芊，无尽地哀求，无尽地祈谅，全盛在眼睛里。但，寒透了心的芊芊，对这样热烈的眸子已视若无睹。她点点头，冷极地说：

"我懂了！我都明白了！这就是你的选择，你的决定！选择得好，决定得好，有情有义，合情合理，我为你的选择喝彩！"

"芊芊，不是的！"若鸿沉痛地说，千般不舍，万般不舍地瞅着芊芊，"我不是在做选择，我对你的爱，早已是天知地知，尽人皆知！现在不在考验我的爱！追随自己的爱而去，好容易！追随自己的责任感，好艰难！"

"太好了！"芊芊更冷地说，"你终于有了'责任感'了，我为你的'责任感'喝彩！"

"芊芊！"子璇急了，忍不住插进嘴来，"你不要生气！现在生气没有用，要好好谈出一个结果来呀！"

"可能有结果吗？"芊芊掉头看子璇，"他现在的想法是，芊芊什么都可以原谅，什么都可以包容，永远会支持他，维护他！所以，芊芊可以和翠屏和平共存，以完成他梅若鸿的'责任感'，成全他梅若鸿不遗弃糟糠之妻的伟大情操！他就是这样一厢情愿，只为自己想的一个人！他根本不管我的感觉和我的感情！对这样一个男人，我的心已经彻底地死了！"

"你是这样想的吗？"子璇问若鸿，"你希望'两全'，是不是？你希望芊芊包容和原谅，是不是？"

若鸿呆呆站着，凄然不发一语。

"如果不能'两全'呢？"子默着急地问，"如果芊芊能原谅你，但做不到二女共事一夫，你只能在两个女人中选择其一，你选择谁？"

若鸿怔怔地看着芊芊，仍然不发一语。过了好半天，他才伤痛地说了句：

"这不是选择题，如果我有权利选择，我所有的意志和感情，都会选择芊芊，问题是我已无权选择！"

"你现在才知道你无权选择！"芊芊大声地痛喊着，"你十年前，就已经没有权利选择了！"她咬咬牙，横了心，脸色由愤怒而转为冷峻："好，好，好！好极了！从今以后，我跟你这个人一刀两断，永不来往！你的前生也好、今生也好、来生也好，随你去自由穿梭，都和我了无瓜葛！我再也不要听到你的名字，再也不要见到你的面孔，再也不要和你说任何一句话！再也不要接触与你有关的任何一件事情！"她从怀中，拿出一张纸来，是她和若鸿的结婚证书，她举起证书，说："这是我们的结婚证书，在场诸人，都是我们的见证！现在，仍然天地为凭，日月为鉴，仍请在场诸君，作为见证……"她三下两下，就把证书撕了。撕得好碎好碎，跑到窗前去，往窗外一撒，碎片如雪花般随风飞去。"爱情婚姻，灰飞烟灭！我把结婚证书撕了，从此结束我们的婚姻关系，斩断我对你的痴情！"

大家都怔住了，被芊芊这份坚决和气势震慑住了，大家看着芊芊撕证书、撒证书，竟无人阻止。

若鸿神情如痴，双眼发直，身子钉在地上，像一座石像。他注视着窗外那如雪片般飞去的碎纸，喃喃地说：

"撕不碎的！烧不掉的！斩不断的！风也吹不走的……"

芊芊震动了一下，神色微微一痛，立刻就恢复了原有的冷漠。她高昂着头，不再留恋，不再迟疑，她大踏步冲向门外，绝尘而去。

满屋子的人都震慑着，也没有人要阻止她的脚步。

芊芊当晚就回到了杜家。在全家人的惊愕与悲喜中，她毫不犹豫地跪倒在杜世全面前：

"爹！你说的种种，都对了！我用我的生命和青春，证实了你当初的预言！现在，我回来了！请你原谅我的年轻任性、一意孤行！我已经受尽苦难、万念俱灰，唯一可以投奔的，仍然只有我的爹娘！爹，不知道你还肯要我吗？还愿意收回我吗？"

杜世全看着那饱经风霜、身心俱疲的芊芊，一句话也没有说，就把她紧紧紧紧地搂在胸前，眼里，溢出了两行热泪。

一边站着的意莲，早就哭得稀里哗啦了。

三天后，芊芊随着杜世全和意莲小葳，全家都去了上海。她给子璇的信上，这样写着：

"心已死，情已断，梦已碎，债已了！所以，我走了！水云间里的点点滴滴，一起留下！烟雨楼里的种种情谊，我带走了。"

第二十章

芊芊走了,把欢笑也带走了。

若鸿从他的"天上",又落到"人间"来了。忽然之间,他的身边,有个病得奄奄一息的妻子,有个年幼而营养不良的女儿。家庭的责任,就这样沉甸甸地对他压了过来。翠屏的病,需要庞大的医药费。食衣住行,以前都有芊芊打点,不要他过问,而今才知道,柴米油盐酱醋茶,居然件件要钱。他不能一天到晚靠子默他们帮忙,他必须靠自己!这是继"上班"之后的另一次,他开始为生活"出卖自己"!也和"上班"的情形一样,他弄得自己焦头烂额,狼狈不堪。

这次,是"墨轩"字画社的老板,受不了他一天到晚拿着画来"押钱",给他出了一个主意。既然会画画,何不到西湖风景区去摆个画摊?给游人画人像!现在的西湖,正是春光明媚,鸟语花香,游人如织的时候,生意一定不错!若鸿考虑了两三天,在生活的压力下低头了。摆画摊就摆摊吧!

总比上班好！上班要和船名货名打交道，摆画摊还不离本行！于是，收拾起自己的骄傲、收拾起零乱的心情、收拾起对芊芊那锥心刺骨的相思和罪疚……不能想，什么都不能想了，唯一能想的，是怎样才能治好翠屏的病？怎样才能给画儿一个安定的家？

他去摆画摊了，日出而作，日没而息。一天工作八小时，这才知道，摆画摊也是一门学问，常常枯坐在那儿一整天，乏人问津。他一张画像只收费三角钱，居然有游客跟他讨价还价，好不容易画了，对方还嫌画得不好！前几天，他完全不兜揽生意，采取"愿者上钩"的方式，竟然没有"愿者"！然后，他只得采取"叫卖"式，竖着"人像素描"的牌子，摆着画架，嘴里还要吆喝着：

"画人像！画人像！嘿！一张三毛！不像不要钱！"

这种生活，真不是若鸿的个性所能忍受的。什么骄傲自负、壮志凌云、不可一世、海阔天空……全都烟消云散。一文逼死英雄汉！他这才体会"一文逼死英雄汉"这句话的意义。

若鸿的人际关系，本来就很糟。自从摆画摊之后，和游客间的纠纷，真是层出不穷。有的游客画了像，不肯付钱，硬说画得不像。有的游客付一张画像的钱，来了一家妻儿老少七八口！有的游客说把他画得太丑了，有的游客说把他画得太胖了，有的又说他画得太瘦了……从没有一个人夸赞他一句，说他画得好。他这样画着画着，越画越自卑，越画越没兴致，越画越萧索……最怕是碰到熟人，惊讶地说一句：

"梅先生,你现在……在干这个啊?"

怎会把自己弄成这样呢?更糟的是,碰到另一种熟人,对他左打量右打量,问上一句:

"你不是杜家的女婿吗?你……夫人可好?"

每当这时,若鸿就恨不得有个地洞,可以钻下去。觉得自己的尊严,已被人践踏成泥。自己的心,已经被乱刀剁成了粉。芊芊!芊芊啊!你可知我现在的处境?此生此世,还可能化解吗?……不行!他用力地甩甩头,不能想芊芊!想了芊芊,更无心摆画摊了,要想翠屏!翠屏是世上最可怜的女子,二十岁的青春年华,嫁给人事未解的他,不到一年,他就只身远去,让翠屏守了十年活寡。上要侍奉公婆,下要抚育幼女。再经过水灾、变故、死亡……种种悲剧,弄得自己百病缠身,还要千山万水地把父母的牌位,和无依的幼女给他远迢迢送过来。世间怎有这样的悲剧人物!老天啊!和他梅若鸿只要沾上边的女子,就是人间至惨的悲剧了!他真的是个灾难,是个祸害呀!

若鸿就在这种身心双方面的煎熬中,去忍气吞声地摆画摊。总算,能多多少少赚到一些钱,来付翠屏的医药费。但他每次受了气回家,脸色就难看到极点。常常摔东西,砸画板,捶胸顿足,对着窗外的西湖大叫:

"为什么我梅若鸿到今天还一事无成?为什么我沦落到必须摆画摊为生?为什么人生这么艰难?为什么人年纪越大,快乐就越少,痛苦就越多?为什么要这么辛苦地活着?为什么?为什么?……"

翠屏和画儿都吓坏了，母女两个紧抱在一起，泪汪汪地看着若鸿发疯。翠屏虽是个乡下女人，没受过教育，但是，已经历了太多生离死别，对人生的痛苦，体会得特别强烈。每当若鸿发脾气，翠屏总是谦卑地、手足失措地在那儿不住口地说"对不起"，这使若鸿更加毛躁，咆哮着大吼：

"不要说对不起！我并没有骂你，你为什么要说对不起？哭哭哭！你为什么老是哭！"

"是！是！是！我不说，我不说……"翠屏手忙脚乱地擦泪，"我也不哭，不哭……我只是好抱歉，害你和芊芊姑娘分手，又要吃那么贵的药，花那么多的钱……"

"不要提芊芊……"若鸿更大声地吼着，暴跳如雷了，"不要对我提芊芊！一个字都不要提……"

"爹！"画儿冲过来，哭着推了他一把，生气地嚷着，"我和娘走了那么远的路来找你，可是你这么凶！娘已经生病了，你还要骂她！你不知道她多想讨你喜欢……你，你，你……你一定不是我爹！"

画儿这样一说，若鸿整个泄了气。看着画儿那张虽瘦小，却美丽的脸庞，想着她小小年纪所受的苦难，他一句话也说不出来。整晚，他坐在屋外西湖湖岸的小木堤上发呆，画儿怯怯地走上前来，给他送上一杯热茶。

"爹！我错了！我知道你好努力地去赚钱，要我和娘过好日子！我知道，我都知道！我不该说你不是我爹！如果你不是我爹，怎么会这样疼我们，照顾我们呢？"

他把茶杯放在地上，把画儿紧抱在胸前。泪，竟夺眶而

出了。画儿偎着他,非常懂事地、小声地说:

"爹,你是不是好想好想那个芊芊阿姨?你去把她找回来,娘不会生气的!"

他摇摇头,更紧地拥着画儿。他无法告诉画儿,芊芊的爱情观,是一对一的,最恨的事,是男人三妻四妾!而水云间,实在太小了,容不下两个女人!即使这些理由都不存在,芊芊也已远走,从他生命里,永远撤退了。留下的,只是刻骨铭心的痛,永无休止的痛……

这天下午,若鸿在断桥边摆摊子。这天真是不顺利极了,整个上午都没有人要画像,下午,好不容易有个孩子觉得稀奇,付了三角钱画像,画了一半,竟被他的娘一巴掌打走了,把三角钱也抢回去了。若鸿的愤怒和沮丧就别提有多么严重了。坐在断桥边,他弓着背脊,满脸于思,愁眉苦脸……自己觉得跟个乞儿差不了多少。此时,有两个女学生走了过来,对他评头论足了一番。

"好潦倒啊!怎么胡子也不刮?头发也不剪,倒有点艺术家的样子!"

"你看他挺落魄的,咱们算做件好事,让他给画一张好不好?"

"不要吧!浪费这个钱,不如去买烤红薯……"

"我想画嘛!合画一张吧!问问他合画一张能不能只算三角钱……"

两个人推推拉拉,议论不休。若鸿一抬头,勉强压制着

怒气,大声地说:

"好了好了,坐下吧!合画一张,只要你们三角钱!"

两个女学生嘻嘻笑着,正要坐下,忽然来了一个警察,手里拿着警棍,对若鸿一挥棍子,凶巴巴地说:

"喂喂喂!风景名胜区!不准任意摆摊,破坏景观,快走快走!"

两个女学生一见警察来干涉了,立刻跳起身子,坐也不坐,就逃似的跑走了。若鸿气坏了,对警察掀眉瞪眼,没好气地问:

"我帮游客服务,增加游览情趣,怎么会破坏景观呢?"

"我说破坏就是破坏!你不知道咱们断桥是西湖有名的风景点呀?你这样乱七八糟地坐在这儿……"

"什么乱七八糟,你说什么?你说什么……"

"你不服取缔,还这么凶!"警察一凶,"你再不收摊,我就砸了你的摊子,把你抓到警察厅去!"

他就这样和警察吵了起来,正吵着,忽然乌云密布,天空上,雷电交加,下起大雨来了。若鸿的画摊,被雨打得七零八落,真的"乱七八糟"了。警察挥着警棍,躲进了警车,警车呼啸而去,又溅了他一身水。他气炸了,对着警车狂吼狂叫:

"来呀来呀!要抓要宰,要罚要关都随你!脚镣啊,手铐啊,全来呀……"

警车早就去远了。

他收拾起破烂的画摊,骑上脚踏车,冒着倾盆大雨,回到水云间。

一进房间,翠屏和画儿全迎了过来,拿毛巾的拿毛巾,倒热水的倒热水,心疼得什么似的。

"看到下雨,我就急死了!"翠屏说,"生怕你淋雨,你还是淋成这样!怎么不找地方躲躲雨呢?"

"爹!你快把头发擦擦干,我去给你烧姜汤!"画儿说。

"你们不要管我!谁都不要理我!"他咆哮着,把翠屏和画儿统统推开,"让我一个人待着,最好全世界的人都消失了,不然,我消失了也可以!"

翠屏和画儿都惊怔了一下,知道若鸿在外面又受气了。翠屏找了件干衣服来,追着若鸿,追急了,就爆发了一阵咳嗽。若鸿一急,就对翠屏大吼着:

"你下床来干什么?你存心要整死我是不是?我把什么面子、自尊都抛下了,就为了要给你治病,你不让自己快快好起来,你就是和我作对!"

"我就去躺着,你别生气!你先把湿衣服换下来好不好?"

"湿了就湿了!"若鸿发泄地大喊着,完全不能控制自己了,"老天爷也跟着大家一起来整我!不整得我天翻地覆、焦头烂额,老天爷就不会满意啊!最好把我整死了,这才天下太平啊!"

"爹!你不要和老天爷生气嘛!"画儿又吓又慌地说,"下雨也没办法嘛,我和娘来杭州的路上,有次还被大雨冲到河里去了呢!"

"是啊是啊!"翠屏急切地接口,不知道该怎样安慰若鸿,"两年前,家乡淹大水,那个雨才可怕呢,比今天的雨大得多了,淹死好多人呢……"

若鸿一抬头,怒瞪着画儿和翠屏,暴吼着说:

"你们的意思是说,我还不够倒霉是不是?我应该被冲到河里去,被大水淹死是不是?"

母女两个一怔,这才知道安慰得不是方向,两个人异口同声,急急忙忙地回答:

"不是!不是!"

"这是什么世界嘛!"若鸿继续吼着,"我已经走投无路,才摆一个画摊,居然被路人侮辱,被警察欺侮,被老天欺侮……回到家里来,你们还认为我的霉倒得不够?"

翠屏倒退了两步,急得直咳,说不上话来。画儿眼眶一红,泪水就滚了出来:

"爹!你又乱怪娘了!你就是这样,一生气就乱怪别人,乱吼乱叫,又不是我们要老天下雨的!"

若鸿见画儿流泪,整颗心都揪起来了。满腔的怨恨、不平,全化为巨大的悲痛。他踉跄地冲到屋角,跌坐在地上,用双手紧抱住自己的头,绝望地说:

"一个人怎么可能失去这么多呢?失去尊严、失去友谊、失去欢笑、失去信心、失去画画、失去芊芊……啊,这种日子,我怎样再过下去呢?"

翠屏呆呆地注视着若鸿,她虽听不懂若鸿话中的意义,但,对于他那巨大的痛苦,却一点一滴,都如同身受。

这天夜里，雨势仍然狂猛，风急雨骤，如万马奔腾。

半夜里，翠屏悄悄地起了床，不敢点灯，让自己的视线适应了黑暗，才摸黑下了床。她对画儿投去依依不舍的一瞥，再对缩在墙角熟睡的若鸿，投去十分怜惜的、爱意的目光。她心中有千言万语，苦于无法表达。走到书桌前面，在闪电的光亮中，看到了那儿供奉着的牌位。她对牌位恭恭敬敬地跪下，恭恭敬敬地磕了三个头。

"爹！娘！请在天上接引我，媳妇和你们团聚了！就是不知道若鸿明不明白，我多希望他过得好！我没有怪他，但愿他也不会怪我，我不能再让他为我受苦了！"

她站起来，再对若鸿跪下，磕了一个头。

"若鸿，画儿就交给你和芊芊了！"

拜别已毕，她摸索着走到房门口，打开房门，笔直地走了出去。风强劲地吹着她，雨哗啦啦地淋在头上，她笔直地往前走，往前走……她再也不怕淋湿了，再也不怕生病了，西湖就横躺在水云间前面，闪电把水面划出一道道幽光，她走过去，走过去……扑通一声，落进了水里。冰凉的水，立刻把她紧紧地拥抱住了。

画儿被门声惊醒了，竖着耳朵一听，风吹着门，砰砰砰地打着门框，雨哗哗地被扫进了房里。

"娘！"她叫，伸手一摸，摸了个空，"娘！"她大叫，咕咚一声滚下了床。

若鸿惊醒了，跳了起来。

"爹！娘不见了！"画儿尖叫起来，"外面好大的雨！娘不见了！爹！我好害怕……我好害怕……"

若鸿跳起身子，对着大门就冲了出去，嘴里发狂般地惨叫着：

"翠屏！你不可以！不可以！你不要惩罚我！你回来！回来！回来呀！求求你！回来呀……"

"爹！等等我！"画儿跌跌撞撞地奔过去，摸索到若鸿的手，她握紧了若鸿，对那黑夜长空，也发出了悲切的哀号，"娘！你回来呀！娘！你不要画儿了吗？娘！回来呀！回来呀……"

若鸿和画儿，喊了整整一夜。把附近方圆几里路，都已喊遍，喊得喉咙哑了，无声了，翠屏不曾回来。

第二天，风停雨止，阳光满天。翠屏的死尸，在水云间旁几步路之遥的地方，被村民们捞了起来。她面目祥和，双目紧闭，不像一般溺死者那么浮肿可怖，她，像是安安静静地睡着了。

第二十一章

翠屏在三天后，就入了土。

葬礼是子默和醉马画会安排的。参加葬礼的，也只有醉马画会这些人。子默请了一个诵经团，绕着墓地诵经，为翠屏超度亡魂。画儿披麻戴孝地跪在坟前，哭得肝肠寸断。看到泥土一铲一铲地被铲进坟坑，画儿忍不住对坟坑伸长了手，哀声哭喊着：

"娘！不要不要啊！你这样埋在地下，我就再也见不到你了！娘！不要不要啊……"

子璇走过去，把画儿搂在胸前，拭着泪说：

"画儿，你娘活着的时候，病得好厉害，现在，她到天上去了，她就再也不会咳嗽，再也不会痛了！天上不会寂寞的，有你爷爷奶奶陪着她，还有好多好多可爱的仙子陪着她！你别哭了，你爹，还需要你照顾呢！"

大家听着，人人都为之凄然落泪。但是，若鸿却无动于衷地站着,看着坟冢,不言不语,两眼呆滞,脸上一点表情都没有。好像他整个人都在另外的什么地方,只有他的躯壳参加葬礼。诵经团诵经,大家撒白菊花,烧纸钱,一抔又一抔的土,逐渐掩埋了棺木。画儿的悲啼,众人的劝解……离他都好遥远好遥远,他似乎听不到,也看不见。

葬礼结束了,大家都回到了水云间,若鸿依然是那个样子,大家推张椅子给他,他就坐下,倒杯水给他,他就喝水。杯子拿走,他就动也不动地坐着,两眼痴痴地看着前方。周围的人物,外界的纷扰,仿佛与他都无涉了。

大家都觉得不对劲了。画儿拉住子璇的手,用充满恐惧的声音问:

"子璇阿姨,我爹怎么了?他为什么不说话,也不理人?他会不会是生病了?"

子璇走过去,推了推若鸿。

"若鸿!你还好吗?你别吓画儿了!你要不要吃一点东西?你已经三天没吃东西了!我去下碗面给你吃,好吗?你说句话,好吗?"

若鸿目光呆滞地直视前方,恍若未闻。子璇害怕地抬起头来,和大家交换注视,人人惊恐。

"爹!爹!"画儿一急,扑进了若鸿怀里,"你不认得了我了吗?我是画儿啊!你看着我,跟我说话呀!你为什么不理我?"她害怕极了,哽咽起来:"娘已经走了,我只有你了,你不可以不理我呀!"

若鸿终于皱了皱眉,转动眼珠子,迟缓地看了看画儿,但却是极陌生的眼神。

"若鸿!"子璇蹲下身子,仔细看他,越看就越紧张,她摇着他,大声喊起来了,"你在想什么?你有多少悲痛,你有多少苦闷,你有多少委屈,你有多少不平,你都发泄出来啊!你不要这样子嘛,死去的人固然令我们伤心,但是活着的人更重要啊!你这个样子,叫我们这些做朋友的,看了有多心酸,你又叫画儿那么幼小的心灵,怎样承担呢?"

若鸿仍然用他那陌生的眼神,看了看子璇,动也不动。

这一下,大家都急了。

"若鸿!"钟舒奇重重地拍他的肩,"逝者已矣,来者可追,你要振作起来,抚育画儿的责任更重大,现在完全落在你肩上了,你还有许多未完的事要做呀!"

"哭吧!"叶鸣跳着脚说,"你大哭一场!骂吧!你大骂一场!甚至你要大笑一场也可以!骂这个世界待你的不公平!骂老天,骂上帝……你骂吧!"

陆秀山抓住了子默,着急地说:

"我看他不对,整个人都失了神,这样子,得请大夫来看才行!"

子默冲上前去,把若鸿从椅子里揪了起来,大吼着:

"梅若鸿,你看着我,我是你的仇人,你看清楚了,我烧了你的画,我是那个烧了你二十幅珍贵的好画的汪子默,我们之间有着生生世世化解不了的深仇大恨,你总不会连我也忘了吧?"

没有用。子默的激将法也丝毫不起作用,若鸿仍然沉坐在椅子中,不言不语。一时间,个个人都激动起来了,大家围绕着若鸿,你一言,我一语,纷纷提起往日旧事,想要唤醒他。但他的眼神,却越来越陌生,越来越遥远了,他对所有的人,都不认识了。

"爹啊……"画儿扑进他怀里,揉着他,摇着他,痛哭失声了,"你跟我说话啊!你跟大家说话啊……你听不见了吗?你看不见了吗?不要不要……爹,爹,爹……"

画儿这样一阵哭叫,若鸿终于有了些反应,他抬起了眼睛,迷惑地看看画儿,又看看众人,就用一种很小心的语气,小小声地、没把握地问:

"你说,我到底画什么好呢?"

大家都愣住了。然后,子默急切地拿了张画纸和炭笔,塞进他的手里,说:

"你还记得画画,很好!好么,画一张画儿!给你女儿画张速写!画吧!画吧!"

若鸿小心地拾起炭笔,看看画纸,就失神落魄地让画纸和画笔,都从膝上滑落于地。他忧愁地说:

"该去给翠屏买药了!"

"爹呀!"画儿痛喊着,抱紧了若鸿,"娘再也不需要吃药了,她死了!她已经不喘了,不咳嗽了!神仙在天上会照顾她,你不要担心了……我们现在只要你好,求求你好起来,求求你跟我说话吧……"

所有的人,都听得鼻酸,但,若鸿又把自己心中的门,紧紧关闭了。他不再说话,不再看任何人,他的眼光,落在不知名的远方。他把自己所有的思想意识,给囚禁起来了。

接下来一个星期,若鸿的情形每况愈下。他什么人都不认识,常常整天不说话,偶然说一两句,总是前言不搭后语。他还记得画画这回事,有时会背着画架出门去,画儿就紧跟在后面,亦步亦趋。但,他对着树发呆,对着桥发呆,对着水发呆,对着亭子发呆……他什么都没画。

子默为他请了医生,中医说他"悲恸过度,魂魄涣散",要吃安神补脑的药,但不见得有什么大作用。西医比较具体,说他就是"精神崩溃",一种类似"自闭"的症状,目前,对这种精神病,还没有药物可医。不论中医西医,都有个相同的结论,他等于是"疯了"。如果不能在短时间内唤醒他的神志,他可能终生都是这样痴痴傻傻,而且会越来越糟。

这样的结论,让子默子璇、"一奇三怪"和谷玉农都忧心如焚。子默要把若鸿接到烟雨楼来住,但子璇不赞成,认为水云间里,有若鸿最深刻的记忆,一砖一瓦,一草一木,都与他息息相关,或者能唤起他某种感情。大家觉得也言之有理。于是,每天每天,众人都到水云间来照顾若鸿父女,并用各种方法,试图唤醒他。当所有的方法都失效以后,众人心中都萦绕着一个名字:杜芊芊!最后,还是子默说出来了:

"今天若鸿会变成这样,是各种打击加在一起所造成的!当初的烧画事件,也是其中之一!回想我所做的,我真是难过极了!人都会生病,那时的我,也病了!所幸我已痊愈……我一定要让若鸿也好起来,我们唯一的希望,就是芊芊！我要去一趟上海，我要和芊芊谈一谈！"

"可是，"子璇担忧地说，"我们都看到芊芊撕毁结婚证书的情形了！也都感受到她'永不回头'的决心了，我担心的是，没有任何事情能让她再回水云间了！"

"我想，"子默坚定地点了点头，"我有办法劝回她的，除非，芊芊也病了，病得……心中没有爱了！"

于是，子默去了上海。

子默去了整整三天，这三天中，他是怎样说服芊芊的，谁也不知道。三天后，子默回来了，芊芊也回来了。和芊芊一起回杭州的，还有杜世全和意莲。

于是，这天，当众人都集中在水云间，做他们的"日常功课"，千方百计要唤醒若鸿时。芊芊和他的父母一起来了。

这天的阳光很好，整个西湖，波光潋滟。远处的苏堤、长堤卧波、六道拱桥，清晰可见。因此，大家把若鸿的椅子，搬到屋外的草地上，把他的画架也竖着，画纸也放好，准备了各种能唤回他神志的东西。众人你一言我一语，从天地玄黄、宇宙洪荒谈起，把五年来的恩恩怨怨、爱恨情仇都快讲尽了，若鸿仍是无动于衷。这时杜家的汽车开来了，杜世全和意莲带着芊芊下了车。

"我必须亲自来看看！"杜世全对众人说，"这个梅若鸿到底怎么了？我以为已经彻底摆脱他了，但是芊芊非走这一趟不可！真是冤魂不散……"他看到了若鸿，愕然地住了口。意莲也怔怔地呆住了。

芊芊的视线，早就被若鸿所吸引了。只见若鸿枯坐在椅子上，整个人已经骨瘦如柴。他还是穿着他最爱穿的白衬衫和蓝色毛背心，衣服却空落落地像挂在竹竿上。他满头乱发，满脸胡子。憔悴得几无人形。最可怕的是他那对眼睛，眼神空茫茫，视若无睹。整个人好像根本不在这个世界，不知道在世界以外的什么地方。

芊芊顿时间把对若鸿所有的怨恨都忘了，她直扑到他的面前，真情流露，悲恸地大喊：

"若鸿！你怎么弄成这副样子？你看看我！你看看我！我是芊芊呀！我来了，你所有的事情，我都知道了！你看着我，你不会连我都忘掉，是不是？是不是？"

若鸿茫然地看了看芊芊，眼光陌生而又漠然。看了片刻，就不感兴趣地去看着远方。

"若鸿！不可以这个样子！"芊芊震动已极，痛喊着，"我知道翠屏去了，她那么善良，那么贤惠，她走的时候，一定满怀爱心！我知道你充满了犯罪感，你不肯原谅你自己，所以你把你整个人，都关进监牢里去了！不行不行啊！你没有资格去坐牢，如果你觉得对不起翠屏，如果你充满了后悔和歉疚，你就必须从牢里走出来，抚养画儿，教育画儿……那样，翠屏才没有为你，白白送掉一条性命！你听到没有？"她不禁推着、摇着、拉着他，"你不能这样听而不闻，视而不见！你给我醒来醒来！"

大家听到芊芊这样说，个个都感动莫名。画儿伸手摸着若鸿枯瘦的手指，掉着眼泪说：

"爹，我知道你好想好想芊芊阿姨，现在芊芊阿姨回来了，你怎么不理她呢？娘也好喜欢芊芊阿姨的，娘也巴望着芊芊阿姨回来的！一定是她在天上告诉了神仙，才让芊芊阿姨回来的！你要和芊芊阿姨说话呀！"

杜世全和意莲面面相觑，都被这等凄惨状况惊呆了。

芊芊看到若鸿仍然没有反应，心都碎了。

"你怎么可以连我都忘了？就在这水云间，我们拜过天地，我们誓守终身！我们吵过架，我们和过好！在这儿，就在这儿，我们有多少共同的回忆，好的、坏的、快乐的、痛苦的……都在这儿！记不记得你开画展以前，你画了好多画，我把它们排在地上，你躺下来高喊'天为被，地为裳，水云间，我为王'。若鸿，你是水云间里的国王啊！你一直就是个感情丰沛，豪气干云的国王啊！那样的国王怎会丧城失地，丢掉了所有的天下？不行不行！你要醒过来！你要醒过来面对我，告诉我，你心里是否还有个我？你醒来醒来！醒来醒来，醒来醒来……"她又拉又扯，用双手扶住他的头，强迫着他面对自己。

若鸿被这样的拉扯惊动了，忽然抬眼看着芊芊，没有把握地、犹疑地问：

"你说，我画什么好呢？"

众人都失望极了。若鸿又重复了一句：

"你说，我画什么好呢？"

画儿悲伤地看着芊芊，掉着眼泪解释：

"他就是这样！他常常到处地走，就一直说这句话，他不知道要画什么。"

芊芊紧紧地盯着若鸿,重重地呼吸着,思潮起伏。

"你不知道要画什么吗?"她问,"你真的不知道要画什么吗?"

她忽然站起了身子,退后了两步,她傲然挺立,面对着若鸿。骤然间,她双手握住自己的衣襟,一把就撕开了自己的上衣。她大声地、有力地、豁出去地、坚定地说了两个字:

"画我!"

这声音如此洪亮有力,使若鸿不得不循声抬头。抬头之间,他触目所及,是芊芊半裸的胸膛,和那朵殷红如血的红梅!他震动了!他瞪着那红梅,张大了眼睛,恍如梦觉。红梅!那朵刻在肌肤里,永远洗不掉的红梅!他在一刹那间,觉得心中有如万马奔腾,各种思绪,像潮水、像海浪般对他汹涌而至。他张大了嘴,想喊,但不知要喊什么。

所有的人,都震动到了极点。杜世全和意莲,尤其震撼。大家都屏住气,不能呼吸,不能言语。

"画我!画我!"芊芊再说,一字一字,带着无比的坚定,无比的热力,"我带着你的印记,终生都洗不掉了!你欠我一张画,你欠我一个完整的梅若鸿!醒来!画我!画我!画我!"

若鸿的眼光,从芊芊的"红梅"往上移,和芊芊的目光接触了。蓦然间,他醒了!所有的悲痛,所有被封闭的感情,全体排山倒海般涌了过来。他站起身,扑奔向芊芊,一把抱住了她,悲从中来,一发而不可止。他痛喊出声:

"芊芊！芊芊！翠屏死了！她跳到西湖里，就这样死了！她不了解我啊……她怎么可以死呢？她怎么可以去自杀呢？我摆画摊，我放弃自尊，我失去了你……我那样痛苦地活着，全心全意，只有一个愿望，就是要她活下去！我那样诚心诚意地给她治病，她却选择了死亡！她把我所有的希望都带走了……我知道我不好，我做什么都失败，但我不至于坏到要逼死她！我要她活！要她活，要她活，要她活，要她活……"他一口气，喊了几十个"要她活"，声泪俱下。

众人又惊又喜又悲又痛，简直不知道是怎样的情绪，大家都目不转睛地看着芊芊和若鸿，人人落泪了。

芊芊用力抱住了若鸿的头，一迭连声地嚷：

"我懂！我懂！我懂！我懂……我们都懂了！你那么想给她健康与幸福，就是把全天下都牺牲了，你也在所不惜！"她推开他，用双手捧住他的头，热切地凝视着他的眼睛，"你醒了！你醒了！你终于醒了！若鸿，过去了，所有的悲剧都过去了！你要哭就好好地哭吧！哭完了，就振作起来吧，清清醒醒地面对你的人生……你还有我，你还有画儿呀……"

画儿拼命哭着，伸手去摸若鸿的手：

"爹！你真的醒过来了吗？你认得我吗？"

若鸿转头看见画儿，伸手将画儿一拥入怀。

"画儿呀！爹对不起你啊……"

"爹！爹！爹！"画儿又哭又笑，抱紧了若鸿，又伸手去抱芊芊，不知道要抱谁才好。

芊芊张大了手臂，把若鸿和画儿，全拥进了怀中。她紧紧搂着这父女二人，掉着泪说：

"翠屏在天上，看着我们呢！我们不要让她失望……我们三个，要好好地活，好好地珍惜彼此，珍惜生命，好不好？好不好？……"

若鸿把头埋在芊芊的肩上，拼命地点着头。

子璇拭去了颊上的泪，低语着：

"芊芊毕竟是芊芊，她的力量无人能比啊！"

杜世全擤了擤鼻子，看着泪汪汪的意莲：

"这样子的爱，做父母的即使不能了解，也只好去祝福了！是不是呢？"

意莲不停地点头，什么话都说不出来。

子默看着那紧紧相拥的三个人，感动到了极点。忽然间，他想起当日送梅花簪的怪老头，依稀仿佛，觉得今日一切，似乎是前生注定。他又想起那怪老头唱过的几句歌词，他就脱口念了出来：

"红尘自有痴情者，莫笑痴情太痴狂，若非一番寒彻骨，哪得梅花扑鼻香！"

就这样，在那西湖之畔，水云之间，所有所有的人，再一次为芊芊和若鸿作了见证：人间没有不老的青春，人生却有不老的爱情！

十年后，汪子默和梅若鸿，在画坛上都有了相当的地位。子默专攻了国画的山水，若鸿专攻了西画的人物。据说，当时杭州的艺术界有这样几句话：

"画坛双杰,黑马红驹,
一中一西,并驾齐驱!"

——全书完——

1993 年 8 月 26 日于台北可园
1993 年 9 月 3 日修正于台北可园

（京权）图字：01-2024-1703

图书在版编目（CIP）数据

水云间 / 琼瑶著. -- 北京：作家出版社，2024.10
（琼瑶作品大合集）
ISBN 978-7-5212-2824-3

Ⅰ.①水… Ⅱ.①琼… Ⅲ.①长篇小说-中国-当代
Ⅳ.①I247.5

中国国家版本馆 CIP 数据核字（2024）第 089084 号

版权所有 © 琼瑶

本书版权经由可人娱乐国际有限公司授权作家出版社出版简体中文版
非经书面同意，不得以任何形式任意重制、转载。

水云间

作　　者：	琼　瑶
责任编辑：	苏红雨　杨新月
装帧设计：	棱角视觉　纸方程·于文妍
出版发行：	作家出版社有限公司
社　　址：	北京农展馆南里 10 号　　邮　编：100125
电话传真：	86-10-65067186（发行中心）
	86-10-65004079（总编室）
E-mail：	zuojia@zuojia.net.cn
http：	//www.zuojiachubanshe.com
印　　刷：	北京盛通印刷股份有限公司
成品尺寸：	142×210
字　　数：	136 千
印　　张：	6.625
版　　次：	2024 年 10 月第 1 版
印　　次：	2024 年 10 月第 1 次印刷
ISBN	978-7-5212-2824-3
定　　价：	32.00 元

作家版图书，版权所有，侵权必究。
作家版图书，印装错误可随时退换。

品 琼 瑶 经 典

忆 匆 匆 那 年

琼瑶作品大合集

- 1963 《窗外》
- 1964 《幸运草》
- 1964 《六个梦》
- 1964 《烟雨蒙蒙》
- 1964 《菟丝花》
- 1964 《几度夕阳红》
- 1965 《潮声》
- 1965 《船》
- 1966 《紫贝壳》
- 1966 《寒烟翠》
- 1967 《月满西楼》
- 1967 《翦翦风》
- 1969 《彩云飞》
- 1969 《庭院深深》
- 1970 《星河》
- 1971 《水灵》
- 1971 《白狐》
- 1972 《海鸥飞处》
- 1973 《心有千千结》
- 1974 《一帘幽梦》
- 1974 《浪花》
- 1974 《碧云天》
- 1975 《女朋友》
- 1975 《在水一方》
- 1976 《秋歌》
- 1976 《人在天涯》
- 1976 《我是一片云》
- 1977 《月朦胧鸟朦胧》
- 1977 《雁儿在林梢》
- 1978 《一颗红豆》
- 1979 《彩霞满天》
- 1979 《金盏花》
- 1980 《梦的衣裳》
- 1980 《聚散两依依》
- 1981 《却上心头》
- 1981 《问斜阳》
- 1981 《燃烧吧！火鸟》
- 1982 《昨夜之灯》
- 1982 《匆匆，太匆匆》
- 1984 《失火的天堂》
- 1985 《冰儿》
- 1989 《我的故事》
- 1990 《雪珂》
- 1991 《望夫崖》
- 1992 《青青河边草》
- 1993 《梅花烙》
- 1993 《鬼丈夫》
- 1993 《水云间》
- 1994 《新月格格》
- 1994 《烟锁重楼》
- 1997 《还珠格格第一部1阴错阳差》
- 1997 《还珠格格第一部2水深火热》
- 1997 《还珠格格第一部3真相大白》
- 1997 《苍天有泪1无语问苍天》
- 1997 《苍天有泪2爱恨千千万》
- 1997 《苍天有泪3人间有天堂》
- 1999 《还珠格格第二部1风云再起》
- 1999 《还珠格格第二部2生死相许》
- 1999 《还珠格格第二部3悲喜重重》
- 1999 《还珠格格第二部4浪迹天涯》
- 1999 《还珠格格第二部5红尘作伴》
- 2003 《还珠格格第三部天上人间1》
- 2003 《还珠格格第三部天上人间2》
- 2003 《还珠格格第三部天上人间3》
- 2017 《雪花飘落之前——我生命中最后的一课》
- 2019 《握三下，我爱你——翩然起舞的岁月》
- 2020 《梅花英雄梦之乱世痴情》
- 2020 《梅花英雄梦之英雄有泪》
- 2020 《梅花英雄梦之可歌可泣》
- 2020 《梅花英雄梦之飞雪之盟》
- 2020 《梅花英雄梦之生死传奇》